ベリーズ文庫

俺の妻に手を出すな
～離婚前提なのに、
御曹司の独占愛が爆発して～

惣領莉沙

STARTS
スターツ出版株式会社

目次

俺の妻に手を出すな～離婚前提なのに、御曹司の独占愛が爆発して～

俺の妻に手を出すな
～離婚前提なのに、
御曹司の独占愛が爆発して～

プロローグ

「だったら、協力してもらいたいことがある。聞いてもらえるか?」

蒼真《そうま》は浅くうつむいていた顔を上げると、口もとに柔らかな笑みを浮かべつぶやいた。

気のせいか色気が滲《にじ》む甘い声音にドキリとしつつ、里穂《りほ》は力強い声で答えた。

「もちろんです。なんでも協力しますから、遠慮なくおっしゃって下さい」

里穂は目を輝かせ、背筋を伸ばして蒼真に向き合った。

大した力になれるとは思えないが、感謝してもしきれないほどの恩を感じている蒼真の役に立てるなら、どんなことでも引き受けたい。

今こうしてつつがない日々を過ごせているのは、蒼真や『杏華堂《きようかどう》』のおかげだから。

すると蒼真もすっと姿勢を正し、里穂をまっすぐ見つめてゆっくりと口を開いた。

「俺と結婚してほしい」

蒼真は余裕のある表情でそう言葉にすると、里穂の反応をたしかめるように互いの視線を合わせた。

「あの……結婚？」

里穂はこれは夢なのかとぽかんとし、目を瞬《また》かせた。

蒼真の頼みならなんでも引き受けるつもりでいるが、まさか結婚はあり得ない。

そう、どう考えてもあり得ない。

聞き間違いだろうか。きっとそうに違いない。

里穂が心の中でひとりやり取りを繰り返していると、蒼真がクスリと笑った。

「いや、聞き間違いじゃない」

「え？」

「俺と結婚してほしい。たしかにそう言った」

「そ、そうですか」

あまりの驚きに動揺し、つい口に出していたらしい。

里穂はごまかすこともできず、オロオロとうろたえた。

「たしかにそう思われても仕方がないが」

蒼真は軽い口調でそう言うと、うまく言葉を見つけられずにいる里穂との距離をすっと詰め、指先で里穂の頬をそっとなでた。

不意に感じた蒼真の温もりに、里穂は軽く後ずさる。

突然のことにドキドキが止まらない。

「まだ、少し残っていた」

蒼真の指先に小さく光る水滴。それはついさっきまでぽろぽろこぼれ落ちていた里穂の涙だ。

これまでの里穂の頑張りを察して労いの言葉をかけてくれた蒼真にぐっと来て、たまらず涙がこぼれ落ちた。

「俺と結婚してほしい」

再び耳に届いたその言葉に、里穂の身体はぞくりと震えた。

声を失いただ見つめ返していると、蒼真の顔がさらに近づいてくる。

「なんでも協力してくれるんだよな」

意味深な言葉が吐息とともに耳もとを掠《かす》めた瞬間、辺りを桜吹雪が舞った。

ひらひらと舞い落ちる花びらの中、蒼真の表情が次第に真剣になっていくのを見ながら、里穂はドキドキが止まらない心を落ち着けようとゴクリと息をのんだ。

第一章　カウンター越しの御曹司

建て付けの悪い木製の扉がガタガタと開く音に、笹原《ささはら》里穂は顔を上げた。長身でスラリとした背中をひとつにまとめた長い髪がサラリと流れ、黒目がちの大きな目が不安げに揺れている。

今年二十九歳になる里穂が生まれる数年前に開店した食堂『ささはら』は入口の扉だけでなく建物全体の老朽化が進み、調理場でも入れ替えが必要な機器が増えてきた。使い勝手にも影響が出ているので修理や入れ替えをしたいと思いながらも、二階の住居部分にも気になる箇所が目立ち始めていて修理費用の捻出《ねんしゅつ》は難しく、頭を痛めている。

不動産会社の営業マンからは移転を考えてはどうかと提案を受けているほどで、そのつもりはないが、せめて改装くらいは本気で考えた方がよさそうだ。

「いらっしゃいませ。……あら、雫《しずく》お帰り。今日は早いわね」

里穂は店に入ってきた妹の雫に、調理の手を休めることなく声をかけた。

雫は国内最大手の化粧品メーカー『杏華堂』に勤務していて、普段は大抵十九時過ぎに帰宅するのだが、今は暖簾《のれん》を出したばかりの十七時。いつもよりもかなり早い。

「お、雫ちゃん、お帰り！」

入口近くのテーブルで早々に食事を始めている常連客から声がかかり、雫は笑顔を向ける。

「また開店前から来てるの？　まいどどうも」

「おう。里穂ちゃんの料理を食べないと一日が終わった気がしないんだよ。かみさんの料理より抜群にうまい……いや、これは内緒な」

「わかってるって」

客の朗《ほが》らかな声につられてクスクス笑いながら、雫は里穂に視線を戻した。

「お姉ちゃん、ただいま。今日は出張先から直帰してきたから早く帰れたの」

「そうなの。お疲れ様。お腹はすいてない？　なにか軽く出そうか？」

コトコトとおいしそうな音を立てているおでんの鍋に出汁を加えながら、里穂は扉を開いたまま入口に立っている雫にチラリと視線を向けた。

暖冬とはいえ今はまだ一月。厳しい寒さが続いている。とくに日の入り時刻間近ともなれば一気に気温が下がる。

「雫？　寒いから早く扉を閉めてね」

里穂は首をかしげた。しっかり者の雫にしては珍しい。

「失礼します」

ひとりの男性が暖簾をくぐり店に入ってきた。

三十代前半くらいだろうか、スラリとした長身に紺色のロングコートがよく似合っていて、背筋が伸びた立ち姿には上品ながらも自信が滲むオーラが感じられてハッとさせられた。

切れ長でハッキリとした二重まぶたとすっと通った鼻筋が印象的な、端整な顔立ち。清潔感のある短めの黒い髪は艶《つや》やかで全体的に凛々《りり》しい雰囲気をまとっている。

里穂はその圧倒的な美しさにドキリとし、つい見とれてしまった。

「いらっしゃいませ」

里穂は笑顔で声をかけた。

「部長、姉です」

雫が男性にそう言って里穂を手で指し示した。

「部長？」

驚く里穂に、雫はうなずいた。

「そうよ。桐生《きりゅう》蒼真部長。お姉ちゃん、初めて会うわよね」

雫に紹介されて、男性は会釈する。

「初めまして、桐生です」

「桐生さんって雫の会社の……。失礼しました。妹がいつもお世話になっております」

里穂は慌てて鍋の火を止めカウンターから出ると、エプロンを外し蒼真に深々と頭を下げた。

大学卒業後、就職してもうすぐ丸二年。二十四歳の雫は現在経営戦略部で部長の秘書をしているらしいが、彼がその部長のようだ。

「部長さんのお話は妹からよく聞いています。やりがいのある素敵な職場で働かせていただいていると自慢していて。いつもありがとうございます」

「部長、美人で優しい自慢の姉なんです」

「雫っ」

里穂は顔をしかめてみせる。

「本当のことだからいいでしょ。姉は昔から綺麗だって有名で、今もお客さんたちの人気者なんです」

雫は、近くのテーブルで暖簾を出す少し前から来て食事を始めていた常連の客に気安く声をかける。

「だな。里穂ちゃんは昔からここらで評判の美人さんだ」

「冗談は言わないで下さい。それに雫も、部長さんが困っちゃうでしょ」

　里穂は雫をやんわりたしなめる。

　昔から雫は人見知りすることなく誰とでもすぐに打ち解け仲良くなるが、まさか職場でも同じ調子なのかとヒヤヒヤする。

「大丈夫ですよ」

　蒼真の穏やかな声に、里穂はひとまずホッとする。

「部長、カウンターでもいいですか？」

　雫は蒼真を空いているカウンターに促した。

「まずはビールをお持ちしましょうか？」

「笹原は飲まないのか？」

　蒼真は腰を下ろそうとしない雫に問いかける。

「私は姉を手伝うので、部長は飲んでいて下さい。そのうち恭太郎《きょうたろう》も来るはずです。お料理はどうしますか？　メニューならそこですけど、どれもおいしいですよ」

「じゃあ、適当にいくつか見繕《つくろ》ってくれるか」

「わかりました。じゃあ和風ロールキャベツを用意しますね。絶品なんです」

「雫、こっちは気にしなくていいわよ。せっかくだから部長さんとゆっくりしなさい」

雫と蒼真のやり取りを聞いていた里穂が、カウンターの中から声を挟んだ。

「いいの。今日は恭太郎から部長と飲みたいから出張のあと店に連れてきてって連絡があって来てもらったようなものだから」

「恭太郎君？　ああ、そういえば」

里穂は思い出す。

雫の恋人の新名《にいな》恭太郎は蒼真の同期で現在三十三歳。ふたりは小学校からの親友だと言っていた。

いつも朗らかでポジティブ。太陽のように明るい笑顔でニコニコしている恭太郎と、今も落ち着いた所作でコートを脱ぎ雫に預けている蒼真が親友だとは意外だ。

世界的にも名が知られている超大企業である杏華堂の社長の長男で、次期後継者と目されている蒼真と、国内有数の飲料メーカーの創業家に生まれた恭太郎。

生まれが似ているせいか、真逆の性格ながらもふたりの関係は盤石《ばんじゃく》だと雫は言っていた。

恭太郎が父親の会社の事業よりも蒼真の会社の方に興味を持っていたこともあり、結果的に今もふたりは学生時代と変わらない付き合いを続けている。雫が恭太郎と付き合い始めたのも、秘書として蒼真の下にいる雫に恭太郎がひと目惚れしたことがきっかけらしい。

「お姉ちゃん、このだし巻きも部長に持っていっていい？」

いつの間にかエプロンを身につけ調理場で動いていた雫が、皿にだし巻きを盛りながら振り返る。

「もちろんいいわよ」

里穂はそう答えながら雫の耳もとにそっと顔を寄せた。

「雫がよく言っていたけど、本当にオーラのある御曹司ね」

「でしょう？　社内の女性たちから大人気で色々とアプローチがあるみたいなのよね」

ひそひそと答える雫に、里穂は大きくうなずいた。

「わかる。そこにいるだけで目が離せなくなる感じ。私たちとは違う世界に住んでいる人って、ああいう人のことを言うのね」

「そうそう。雲の上の人なの」

「かもしれないわね。あ、よかったら金目鯛の煮付けもお出しする？　でも、部長さんの口に合うかしら」

杏華堂の御曹司ともなれば、子どもの頃からおいしい料理を食べていて舌が肥えていそうだ。下町の食堂の料理など、食べてもらえるのか不安になる。

「それなら大丈夫だと思う。恭太郎が前に部長の好物は豚汁だって言ってたから」

「豚汁？」

意外な答えに、里穂は目を丸くする。

「部長、豚汁が大好きなんですよね」

雫はカウンターの中からだし巻きを差し出しながら、蒼真に声をかけた。

「あ、ああ」

ロールキャベツを口に運んでいた蒼真は、箸を手に顔を上げた。

「たしかにそうだが、このロールキャベツも負けてない。かつおの出汁がきいていてうまい」

里穂は雫と顔を見合わせた。

「当然です。姉の料理はどれもおいしいんですけど、これは特別最高なんです」

はしゃぐ雫に、里穂も頬を緩ませる。

この和風のロールキャベツは年を重ねた常連客からのあっさりとした肉料理が食べたいというリクエストに応えて最近メニューに加えたのだ。

細かく挽《ひ》いてふわふわに仕上げた鶏胸肉が和風出汁となじんで年配の客にも食べや

すいと好評だ。

「里穂ちゃん、最近料理の腕を上げたな。お父さんもきっと喜んでるよ」

テーブル席の客から声がかかり、里穂は「だといいんですけど」と笑顔を返す。

もともとこの店を切り盛りしていた父が亡くなったのは七年前。

高速道路で発生した玉突き事故に巻き込まれたのだ。同乗していた母は、命は助かったものの両足を骨折し体中に傷を負った。

今も後遺症が残っていて、完全に元通りになることはないと言われている。

おしどり夫婦だと評判だった夫を突然亡くした母のショックは当然ながら大きく、事故から四年ほどは、外出すらできないほど精神的に不安定だった。

そんな中、父が大切にしていた店を続けていこうと決め思考錯誤《しこうさくご》を繰り返す里穂や雫を見守り支えてくれたのが、変わらず店に通い続けてくれた常連さんたち。

今日までどうにか店を続けてこられたのも彼らのおかげだ。

とはいえバイトを雇うことも難しい経営状況ではあと何年店を続けていけるのか、考えるだけで不安になる。

会社から帰宅した雫が手伝ってくれるのはありがたいが、いつまでも頼るわけにはいかない。

里穂は笑い声が響く狭い店内を見渡し、客のためにもここをなくしたくないと思うと同時に厳しい現実が頭をよぎり、ため息を吐きそうになる。

「なあ、そこの男前もここの料理が気に入ったんだろ？」

ひとりの客がビール瓶を手に蒼真の隣の席にやってきた。昔からの常連だ。

「雫ちゃんの会社の人だって？」

蒼真の空のグラスにビールを注ぎながら気安く声をかけている。

「そうなの。上司の桐生部長。私が働いている会社の御曹司」

蒼真に代わって雫が自慢気に答えた。

その気兼ねのない話しぶりに、蒼真が気を悪くしないかとドキリとするが、彼は楽しげに笑い「桐生です」と言いながら客のグラスにビールを注ぎ返している。

「そうか、部長さんかい。雫ちゃんの彼氏も男前だが、こっちも負けてないな。だったらこっちは里穂ちゃんに譲ってやりな。毎日俺たちの飯をこしらえてばかりでかわいそうだからな」

「それは」

雫はチラリと里穂に視線を向けた。

わずかに不安が滲む表情に、里穂は笑顔を返し首を横に振る。

「なに言ってるんですか。私は全然かわいそうじゃないですよ」

里穂は雫を意識しながら明るくそう言って、笑い声をあげた。

すると雫の表情がすっと和らぎ、里穂も内心ホッとする。

雫は里穂に店を任せて自分が外の世界で働いていることに罪悪感を抱いている。

けれどそれは、里穂と母も望んでいることで、雫が負い目を感じる必要はない。むしろ雫には先の見通しがいいとは言えない店にこだわるよりも、超優良企業である杏華堂で働いてほしい。その方が雫の将来にプラスになるはずだからだ。

雫も頭ではそれがわかっているはずだが、大学進学時に奨学金を利用せず父の生命保険金を使ったこともあり、里穂への負い目を捨てきれずにいるようだ。

「毎日店に立てるのが楽しくて仕方がないのに、おかしなことを言わないで下さい」

里穂は雫の気持ちを案じ、言葉を重ねた。

「それに譲るなんて、部長さんに失礼です。大切な方がいらっしゃるに決まってます」

雫から独身だとは聞いているが、蒼真のように立場も見た目も申し分ない男性に特別な相手がいないとは思えない。結婚が決まっていることも十分にあり得る。

「それが大切な人はひとりもいないんだよね」

聞き慣れた声が聞こえ顔を向けると、入口の扉をガタガタと音を立てながら開き、恭太郎が顔を覗《のぞ》かせている。

「恭太郎っ」

雫がぱあっと表情をほころばせる。

恭太郎も雫を見るなり目尻を下げ「遅くなってごめん」と優しく微笑んだ。

雫への想いを隠そうとしないデレデレの恭太郎に、里穂は苦笑する。

「いらっしゃいませ」

「なになに里穂さん、他人行儀な言い方はやめてほしいよ。この店の戦力として頑張ってるのに寂しすぎる」

「店の戦力？　なんだよそれ」

蒼真が恭太郎に向かって眉を寄せる。

「うーん。簡単に言えば今は皿洗いの腕を上げようと力を尽くしてるってところだな」

恭太郎は誇らしげに胸を張り、顔なじみの客たちに軽く手を上げ会釈する。

「それより里穂さん、蒼真に大切な人なんていないし、俺と雫と違って仕事ばかりの寂しい毎日だから。おいしい料理、いっぱい食べさせてやって」

「もちろん。お口に合うかどうかわからないけど、たくさん用意するわね」

里穂はそう答えながら、蒼真の名前を知って彼の爽やかなイメージにぴったりだと考えていた。

「蒼真、俺と飲みたいだろうけどちょっと待ってくれ。まずは仕事を済ませるよ」

恭太郎は蒼真にそう声をかけながら、当然とばかりにカウンターの中に入ってきた。

そして慣れた動きで里穂や雫とお揃《そろ》いのエプロンを身につけると「今日もお仕事お疲れ様」と言って細身でスラリとした身体を折り、雫の額に軽く口づける。小さなリップ音がざわめく店内に響き、客たちがなんともいえない視線をふたりに向ける。

蒼真も箸を持つ手を止め呆然としている。

里穂はその心情を察し、苦笑した。

恭太郎は雫と付き合い始めた当初、雫が店で男性客に声をかけられるかもしれないと心配して、連日食事に来ては閉店まで居座っていた。そのうち時間を持て余すようになり、皿洗いや掃除などの手伝いを自ら始めたのだ。

里穂はもちろん断ったが、バイトひとつしたことのない恭太郎にとって店の仕事はどれも新鮮で楽しいらしく、今のところやめる気配はない。

それどころか仕事を覚えるのも早く丁寧で、今ではささはらの心強い戦力となっている。

「とりあえずこれ、洗っておきますねー。そうだ」

流しで食器を荒い始めた恭太郎が、思い出したように蒼真に顔を向ける。

「蒼真、金目鯛の煮付けは食べた？　最近のうちのいち押しなんだ。最高にうまいぞ」

「うちの？」

蒼真は再び眉をひそめた。

「まあ、里穂さんが作る料理はどれも絶品だけど、俺はまず金目鯛の煮付けを食べてもらいたい。手前味噌で悪いけど、敷居が高いだけの格式張った料亭で食べるより断然うまい」

「手前味噌って……」

蒼真は呆《あき》れたようにつぶやき、恭太郎と雫を交互に見やる。

「仲がよさそうでなによりだな。じゃあ、恭太郎のいち押し、いただいていいか？」

「『喜んでっ』」

雫と恭太郎の声が同時に狭い店内に響き、常連客の温かな笑顔がいくつも目に入る。

この優しい時間に触れるたび、里穂の頬も自然と緩む。

「お口に合うかわかりませんが豚汁もいかがですか？　お好きなんですよね」

雫と恭太郎の仲のよさに圧倒されている蒼真に、里穂はそっと声をかけた。

「あ、ああ。是非」

雫が言っていたとおり、よほど豚汁が好きなのだろう、蒼真は途端に笑みを覗かせた。

里穂は湯気が立つ豚汁を椀に注ぎ、カウンターから出て蒼真の手もとに置いた。

「あの、妹は会社でお役に立っているんでしょうか？　いつも前向きな話しかしない子なので、実際はどうなのか気になってしまって」

里穂はわずかに迷ったあと、雫が店の奥で客と笑い合っているのをチラリと確認し、声をひそめて蒼真に尋ねた。

「そうですね」

蒼真も雫を眺めると、ふっと目もとを緩めた。

「前向き……彼女にぴったりの言葉ですね。どの仕事も手を抜かずに頑張ってくれていますし、頼りにしています」

そう言って優しく微笑む蒼真に、里穂もホッとした笑顔を見せる。

「そうですか。よかったです」

多少のリップサービスがあるかもしれないが、頼りにされていると聞き安心する。

「それにいつも笑ってますね」

「想像できます。家でもいつも笑っていて、とくに恭太郎君と一緒にいる時は本当に楽しそうなんです」

今も恭太郎が店にいるだけで雫の表情は柔らかく、楽しそうだ。

「それは恭太郎も一緒です。いや、恭太郎の方が笹原と一緒にいると楽しそうで、正直見せつけられてうんざり……いや、まあ、俺も和ませてもらってます」

蒼真は慌てて言い直しながらもやはり豚汁が気になるのか「いただきます」と里穂に軽く視線を向け口に運んだ。

「……うまい」

ひと口食べてすぐ、蒼真はかみしめるようにつぶやいた。

口に合ったようでホッとし、里穂は胸をなで下ろした。

店に入ってきた時には固く疲れているように見えた表情も、今は力が抜け和らいでいる。

「おかわりもありますので、声をかけて下さい。ごゆっくり」

里穂は満足そうに箸を進める蒼真に声をかけ、調理場へと戻る。

すると入れ替わりに恭太郎が大皿を手に蒼真のもとへと向かった。

「さあ、この絶品の金目鯛を口にできる幸せを、じっくりかみしめるがいい」

恭太郎の芝居じみた大きな身振りと声。

蒼真は呆れ顔を恭太郎に向けたあと、早速口に運んだ。

次の瞬間、蒼真は目を細め優しい笑みを浮かべた。

その傍《かたわ》らで、恭太郎がガッツポーズをしている。

雫から聞いていたとおりのふたりの仲のよさが垣間見えて、里穂の気持ちもほころんだ。


「今日は突然ごめんね」

閉店後、翌日の仕込みを終えて二階に上がった里穂に、雫がお茶を淹《い》れながら声をかけてきた。

「今日？　なんのこと？」

里穂は首をかしげダイニングの椅子に腰を下ろした。

「突然部長を連れてきて驚いたでしょ？」

「そんなこと気にしなくていいのに。でも、想像していたよりカッコよくてびっくりした」

それに職場での雫の様子を知ることができて、安心した。

「でしょう？　カッコよくて女性人気は抜群。将来は社長だし、最強の御曹司」

「本当、品があって育ちもよさそうで。御曹司って言葉が本当にぴったりね」

「うん、次期社長で御曹司。ぴったりすぎる」

大きくうなずく雫に、里穂はクスリと笑う。

「御曹司にも色々なタイプの人がいるってこともわかった」

「もしかして恭太郎のこと？　たしかに部長とは全然違うタイプよね。でもすごく仲がいいの。小学校から一緒にいるからわかり合ってて羨《うらや》ましいくらい」

淹れ立てのお茶を里穂の手もとに差し出し、雫は肩をすくめた。

「小学校からの付き合いじゃ太刀打ちできないね」

「うん。今日出張のあと店に部長を連れてきたのも、恭太郎に頼まれたからだし」

「ああ、そう言っていたわね」

雫がわずかに表情を曇らせた。

「実は今日出張先の工場にまで常務が押しかけてきたの。工場にはなんの関係もないお見合い相手の女性を連れてね。常務の身内だからって問題アリだと思わない？　で、それを聞きつけた恭太郎から、イライラしてるだろうから部長にうちのおいしい料理を食べさせたいって連絡があったの」

「えっと、お見合い？　わざわざ出張先で？」

里穂は混乱する。仕事中に見合いをするのだろうか。

「違うの。お見合いしようとしない部長にしびれを切らした常務が、相手の女性をこっそり連れてきただけ。すぐに追い返したけど、あの常務が簡単にあきらめるとは思えないし、それに相手の女性、麗美《れいみ》さんって言ったかな。二十七歳で取引先の社長令嬢らしいけど、気が強いわがままお嬢様で部長が気に入るような人じゃなかった」

「そうなんだ。常務さんって、よっぽどお見合いをさせたいのね」

雫はコクコクとうなずいた。

「あのね。恭太郎から教えてもらったんだけど。常務は社長の弟なの。社長と年が十歳以上離れてるからか甘やかされて育ってきた典型的なできの悪い御曹司。若い頃から問題ばかり起こすから先代も手を焼いていてうちで働かせるつもりはなかったらしいんだけどね。そんな感じだから他の会社にも就職できなくて、結局うちに入れるしかなかったんだって」

「できの悪い御曹司」

ここでもまた御曹司かとつい笑いそうになるのをこらえながら、里穂はそれからしばらくの間、雫の話に耳を傾けていた。

その日以来、蒼真はときおり店を訪れるようになった。

仕事帰りに雫や恭太郎と連れだって来ることもあれば、ひとりでふらりと立ち寄ることもある。

雫の上司というだけでなく恭太郎の親友ということで常連客から気安く声をかけられるようになり二カ月近く経った今ではすっかり店になじんでいる。

「いらっしゃいませ」

週末、里穂は仕事帰りにひとりで店を訪れた蒼真にカウンター越しに声をかけた。

「今日はたけのこご飯を用意してますけど、いかがですか？」

「春って感じだな。入口のメニューに鰆《さわら》の甘酢あん定食ってあったけど、それにたけのこご飯って」

「はい一緒にご用意できますよ」

里穂の答えに、蒼真は目尻を下げた。

「すぐにお持ちしますね」

最近、里穂は蒼真の食の好みがわかってきた。

好き嫌いはなく出された料理はなんでも食べるが、濃い味付けは苦手で出汁をきかせたあっさりとした料理の方が箸《はし》が進む。

肉と魚なら魚を選び、野菜は調味料不要で素材の味をそのまま楽しむことが多い。最近では里穂なりに蒼真の好物を察し、用意する機会も増えてきた。

毎回おいしそうにペロリと平らげてくれるので作りがいがあり、最近では雫や母と一緒に新しいメニューを考える時に、蒼真の反応を想像してしまうこともある。

「ビールかなにか飲まれますか？」

カウンター席に腰を下ろした蒼真に、里穂は問いかけた。

「いや、これから最終の新幹線で大阪《おおさか》に行くから、今日はやめておこうかな」

「お仕事ですか？」

「いや、大学時代の友達の結婚式に呼ばれていて、恭太郎と駅で待ち合わせてるんだ」

「ああ、そういえば」

里穂は雫を思い出しうなずいた。

この週末は恭太郎が忙しくて会えないからと、今夜は店の手伝いを休んでふたりで食事に行くと言っていた。恭太郎が忙しいというのはこのことだったのだ。

「日曜日は同窓会を兼ねたゴルフコンペ。関西のコースを回る機会は滅多にないので俺も恭太郎も楽しみにしていて。それにしても」

蒼真は珍しく客足が途絶えて静かな店内を見回した。

「空いているのもあるが、恭太郎がいないと店の雰囲気が変わるな。俺は落ち着いて食事ができるからいいけど、里穂さんはやっぱり忙しい？」

「たしかに忙しいんですけど、ふたりの好意に甘えてばかりもいられませんから」

里穂はわずかに視線を泳がせる。

蒼真から〝里穂さん〟と呼ばれるたび落ち着かず、ドキリとするのだ。

初めのうちは笹原さんと名字で呼ばれていたが、雫も同時に反応してまぎらわしいので、雫が蒼真に里穂と名前で呼ぶよう提案したのだ。

名前呼びになった頃から彼の口調もくだけたものになり、最近完全に敬語ではなくなった。

身内や昔からの常連客、そして恭太郎以外の男性から名前を呼ばれる機会は滅多になく、蒼真からそう呼ばれるたびそわそわしてしまう。

「それに母が足の調子がいい時には手伝ってくれるので大丈夫です」

里穂は落ち着かない気持ちをごまかすように、明るく答えた。

足が悪い母の佳也子《かやこ》が長時間店に立つのは難しいが、調子がいい時にはわずかな時間だが手伝ってくれる。

それは三年前には考えられなかったことだ。

三年前まで、佳也子は夫を亡くしたショックから立ち直れないだけでなく、足の後遺症と顔に残る傷痕《あと》を気にして外に出られず、店に顔を出すこともなかった。

けれど佳也子を気にかけ店に通ってくれる常連たちの優しさと、傷痕を隠すメイクを知ったおかげで見違えるように明るくなった。

それだけでなく事故に遭《あ》って以来年々老け込んでいた容姿も、今では五十七歳という実年齢よりも若く見えるほど変化した。

最近では店を切り盛りする里穂に気兼ねしつつも町内会のカラオケ同好会に参加するようになり、笑顔が多い日々を送っている。

「お待たせしました。鰆の甘酢あん定食です。ごゆっくりどうぞ。あ、でも新幹線の時間があるならゆっくりしていられませんね」

里穂は思い出し、料理を並べた木製のトレイを手早く蒼真の手もとに置いた。

「時間は大丈夫。天気も問題なさそうだから遅れる心配もないだろうし」

蒼真はそう言いながら、早速箸を手に取り食事を始めた。

「ゴルフも結婚式も晴れそうでよかったですね」

「ああ。それに天気なら恭太郎が晴れ男だから、心配いらないんだ」

冗談交じりにそう言って、蒼真は小さく笑う。

「晴れ男っていつも朗らかな恭太郎君らしいというか、ぴったりですね。だったら雫との結婚式の時には天気のことは気にせずガーデンパーティーでも計画できそう。あ、恭太郎君のことだから、今夜にでも雫にプロポーズしていそうですね」

ふたりの口から具体的にその話が出たことはないが、付き合い始めて一年以上が経ち、あれだけ仲がいいのだ、そろそろそういう流れになってもおかしくない。

すると蒼真が食事の手を止め「プロポーズならとっくに済ませてるが」と言って首をかしげた。

「とっくに？」

「ああ。まさか聞いてなかった……ようだな」

蒼真は口ごもる。

「結婚の話なんて全然。家柄の差で結婚できないのかと母も私も最近心配していて」

恭太郎自身が気にしていなくても、やはり家柄の差は大きい。雫には聞けずにいるが、恭太郎の家族に反対されているのかもしれないと気を揉《も》んでいたのだ。

「笹原なら恭太郎の家族も賛成するはずだから、家柄は関係ない」

蒼真は家柄という言葉に反応し、きっぱりとそう口にする。

「そうですか」

力強い言葉に、里穂はホッと息を吐く。

「だったら……反対されているわけじゃないなら、どうしてプロポーズのこと、教えてくれないんだろう」

雫も恭太郎も、そんな素振りはまるで見せない。

「笹原が今は無理だと言って断っているらしい」

里穂は目を見開いた。

「それって、あの……どうして」

あれだけ一途に恭太郎を想う雫がプロポーズを断るとは信じられない。

蒼真は箸を置き、傍らに立つ里穂に向き合った。

「他人の俺が里穂さんに話していいのかどうかわからないが……」

わずかに迷いを浮かべた表情で蒼真が口を開いた時、相変わらず建て付けの悪い入口の扉がガタガタと音を立てながら開いた。

「こんばんは。あ、里穂さん、この間の話ですけど少しいいですか？」

ひとりの男性が顔を覗かせ、里穂に明るく声をかけた。

「小山《こやま》さん……いらっしゃいませ」

里穂はぎこちない笑みを浮かべ、カウンターの中に戻った。

彼は大手不動産会社の社員で里穂と同い年の二十九歳。笑顔を絶やさない、それでいてかなり強引な営業マンだ。

「あのあと先方と話したんですけど、いい条件で進められそうなんです」

小山は蒼真とひとつ席を空けて腰を下ろすや否や、カウンター越しに里穂に身体を寄せ小声で話し始めた。

「は、はい」

里穂は口ごもる。

話というのは店の売却の件だ。

たまたま昼食を取りに店を訪れて以来、小山は仕事柄老朽化が進む店が気になるのか、たびたびやってきては改築や移転などの提案をするようになった。

最近では全国展開しているカフェがこの辺りでの出店を計画しているのでそこに土地と建物をまとめて売却してはどうかと熱心だ。

「詰めた話をしたいので、お店を閉めてからお時間いただけませんか？」

小山は蒼真をチラリと気にかけながら、話し続ける。

「閉店後ですか？　でも、あの」

小山の押しの強さに圧され、里穂は言葉を詰まらせる。

この話は早々に断っているにもかかわらず、小山は何度も店を訪れ粘り続けている。あまりの熱意に不安を感じることも多く、強気に出られないのがもどかしい。

「そちらに有利な条件で契約を結ぶには日程の前倒しが必要で――」

「失礼だが」

里穂の都合などお構いなしに話を進める小山を、蒼真の低い声が遮《さえぎ》った。

「なんですか？」

小山は怪訝《けげん》そうな表情を蒼真に向ける。

「今、店は営業中で彼女が困っているのがわからないんですか？」

身体ごと小山に向き合い、蒼真は鋭い視線で問いかけた。言葉使いは丁寧だが怒りが覗く声音に、小山は眉を寄せ黙り込んだ。

「それに食事もせず彼女を困らせているとなると、営業妨害になると思いますが？」

冷ややかな言葉が続き、小山の表情が次第に強張《こわば》っていく。

「それは。まあ、そうかもしれないですね。お料理なら今から注文しようと思っていたところで。すみません」

小山は渋々といった風に謝罪する。

「早く話を進めたかっただけですが、営業妨害でしたか？」

「あ、いいえ……」

うんざりしたようにため息を吐き出す小山に里穂は慌てて首を横に振る。

「だったら店じまいまでここで待たせてもらっていいですよね。もちろん食事はいただきますので」

意味ありげな視線を蒼真に向け、小山はニヤリと笑う。

こうしていつも小山に都合がいいように話を進められるのが情けない。

今はなんの関係もない蒼真まで巻き込み嫌な思いをさせている。

それが申し訳なくてたまらない。

「先方との打ち合せもこちらで設定しますので安心して——」

「あの」

いつまでも口を閉じようとしない小山の言葉を、里穂はたまらず遮った。

小山は目を見開き、蒼真もすかさず里穂に視線を向けた。

里穂は蒼真の視線を視界の隅で受け止めながら、ゆっくりと口を開いた。

「お待ちいただいてもお話しすることはありません。今回のご提案は、改めて遠慮させていただきます」

蒼真に見守られている安心感からか、気後れせずハッキリと気持ちを口にすることができた。

　店が老朽化し安全のためにも改装や移転について考えなければならないのはわかっているが、父が愛した大切な店だ。勢いだけで決めたくない。

「は？」

　小山は大きく顔を歪《ゆが》めた。これまでの営業モードからガラリと変わり眉間にいくつもの皺《しわ》が寄っている。

「いまさらそれはないでしょ。まさか他からも話があるんですか？　もしそうでも、うちの提案の方が――」

「いい加減にした方がいい。彼女にその気がないのはハッキリしてるんだ。どれだけいい条件だとしても押しつければそれは単なる嫌がらせだ」

　ピシャリと言い放つ蒼真に、小山は顔を歪めた。

「俺はこの店のために提案してるだけだ。誰だか知らないが、単なる客が口を挟まないでくれ。営業妨害だって言うなら俺の仕事の邪魔をするそっちの方こそそうじゃないのか」

「小山さん、それは言いがかりです」

　里穂はとっさに声を挟んだ。小山の怒りの矛先が蒼真に向くのは筋違いだ。

「失礼しました」

何故か蒼真は小山に向かってニッコリ笑いかけると、胸ポケットから取り出した名刺を差し出した。

「桐生と申します。里穂さんとは身内同然のお付き合いをしておりますので、今後なにかあれば私にご連絡下さい」

「身内？」

里穂は目を瞬かせた。いったいなにを言っているのだろう。

「身内ってどういうこと……え、杏華堂株式会社……部長？」

小山は目を丸くする。

「なにかあれば、今後はこちらの番号に直接お電話いただければ私が対応させていただきます」

静かな口ぶりながらもきっぱりそう言うと、蒼真はさらに笑みを深めた。

「もしもこの先俺に隠れて店をどうにかしようとしても無駄だ。今日はいないが、この店の皿洗いも俺の身内だからすべて俺の耳に入ると思ってくれていい」

「皿洗い」

その言い方はどうなのかと思いつつ、そういうことかと納得する。

蒼真の身内ともいえる恭太郎の恋人の姉である自分のことも、広い意味で身内だと考えて小山から守ろうとしているのだ。

「それで、なにを食べるんだ？　このままなにも食べずに居座るとなるとそれこそ営業妨害だ」

「な、なにを」

「ああ、ついでに言っておくが、法律事務所を開いている知り合いが何人かいるんだ。俺が相手じゃ物足りないならそっちに出てきてもらうから、いつでも相談してくれ」

「は……？」

小山は顔を真っ赤にし、蒼真を睨《にら》みつけている。

「ちなみにこの鰆の甘酢あん定食は、絶品で最高にうまいぞ」

蒼真はこれ以上小山に用はないとばかりに箸を手に取り、平然と食事を再開した。すっかり冷めてしまった料理を前にして、それでもうれしそうに料理を口に運んでいる。

「小山さん？」

里穂は顔を真っ赤にしたまま黙り込む小山に声をかける。

「……とっとと契約書にサインさせればよかったよ」

「え?」

「こんな面倒な相手が出てくる前に無理矢理にでもここから追い出すべきだったな」

「あの……?」

物騒なことを言っているようだと、里穂は眉を寄せる。

「もういい。見込みのない案件にいつまでも手こずるつもりはない。この店からは手を引くから安心しろ」

チラリと里穂に向けた小山の表情はひどく冷たくて、初めて見る顔のようだ。これが小山の本来の姿なのだろうか。

「これももう必要ないな」

荷物を手に立ち上がった小山は、受け取ったばかりの名刺をカウンターの上に投げ捨てた。

「なにを……」

一瞬の出来事に里穂は両手を口に当て息をのんだ。

「店長が女だし、ここは女所帯だって常連から聞いて舐《な》めてたよ」

悔しげに舌打ちをしたあと、小山は乱暴な足取りで店を出ていった。

「桐生さん、ありがとうございました」

里穂はホッとし、カウンター越しに深々と頭を下げた。

本当ならこうなる前に自分で小山と話をつけておくべきだったのだ。

「気にしなくていい。俺がいる時でよかったよ。それより、他からも話があるのか?」

里穂はおずおずとうなずいた。

「買い取りとか、建て直しとか、いくつかいただいていますけど、全部お断りしています。たしかに古くて手を入れるべきだってわかってるんですけど、なかなか難しくて」

さすがに経済的な負担が大きすぎるとは言えず、言葉を濁した。

「そういうことか」

蒼真は改めて店の中をぐるりと眺め、考え込んでいる。

「面倒なことがあれば俺に言ってほしい。力になれると思う」

「ありがとうございます。でも、家族でなんとか考えてみます」

とはいえさっき小山に対して毅然《きぜん》と向き合えたのは、蒼真が見守ってくれているという安心感があったからだ。

視界の片隅に見える彼の存在がどれほど心強かったかを、小山が店から出ていった途端、実感した。

「あ、冷めちゃいましたよね。すぐに新しいのをお持ちしますね」

鰆もご飯もすべてすっかり冷めているはずだ。

「いや、このままでいいよ」

「でも」

「冷めても十分うまい。だから気にしなくていい」

蒼真はその言葉通り、ときおり目を細め料理を味わいながら箸を進めている。

いつもの気持ちのいい食べっぷりを眺めながら、里穂は気持ちが落ち着いていくのを感じた。

やはり、小山が店に現れて緊張していたようだ。

「そういえば、時間は大丈夫ですか？　大阪に行くんですよね」

「大丈夫。それより里穂さんの方こそ気をつけた方がいい。さっきの営業マンはもう顔を出さないと思うが、他から強引に押しかけられる可能性もある」

蒼真の真剣な眼差しに、里穂はうなずいた。

小山に向き合っていた時も感じたが、蒼真の存在はとても心強い。

見守ってもらえるだけで落ち着き、気遣いの言葉をかけられただけで安心できる。

それからしばらくして食事を終えた蒼真は、恭太郎との待ち合わせに向かった。

駅へと急ぐ蒼真の背中を店を出て見送りながら、里穂は感謝の気持ちを込めて深々と頭を下げた。

そしてその日以降、小山が店に現れることはなかった。


「いつ見ても、素敵なビル……」

里穂は二十階建ての杏華堂の本社ビルを見上げた。

国内有数のオフィス街のど真ん中、周囲に立派なビルなら数多くあるが、杏華堂という社名にぴったりの杏色の外壁は他になく、かなり目立っている。

現社長が後を継ぐ際にそれまでの社名から現在の杏華堂に変更したらしいが、今年還暦を迎えた妻の杏《あん》という名前を冠した社名には社長の愛妻ぶりが反映されていると、当時はかなりの話題になったそうだ。

「お姉ちゃんっ」

焦りを滲ませた声に振り返ると、ビルの入口から雫が飛び出してきた。

ベージュのリボンブラウスと淡いピンクのパンツ。三月下旬のこの季節にぴったりの春らしい装いだ。

「わざわざごめんね」

雫は里穂のそばに駆け寄ると、荒い呼吸を整えながら両手を合わせた。

「そんなに急がなくてもいいのに。今日はお店も休みだから時間もあるし」

クスクス笑う里穂に、雫は首を横に振る。

「だから余計に悪くて。せっかくの休みなのに」

「いいわよ。それよりこれでいいのよね」

里穂は手にしていたトートバッグから、分厚い冊子を取り出した。

「うん、これ。絶対に今日いるってわかってたのに忘れちゃって、本当に情けない」

雫は冊子を受け取り安心したように胸に抱いた。

それは杏華堂の創立十年の時の記念誌で、今日の研修で必要なのにもかかわらず家に忘れてしまい、里穂に届けてくれないかと連絡を寄越したのだ。

今日は周辺の水道設備の工事による断水が予定されていて、店は臨時休業。タイミングもよかった。

「出かける予定とかなかった?」

里穂にとっては滅多にない貴重な休みだ、雫はしゅんとうなだれている。

「予定なんてないから気にしなくていいわよ。お母さんはリハビリのあとカラオケ同好会の練習に行くみたいだし、時間を持て余してたからちょうどよかった」

日曜日以外店を開いているので友人と出かける機会は滅多になく、今日のように突然時間ができても誘える相手はほぼいない。

「せっかくだから、勉強がてらおいしいものでも食べて帰ろうかな。この辺りにお勧めのお店ってある？」

「だったら一本裏に入った通りにおいしいパスタ料理のお店があるけど」

雫はそう言いつつ、肩を落とした。

「私も一緒に行ければいいんだけど、研修中は難しくて付き合えないの」

目の前で両手を合わせて謝る雫に、里穂は苦笑する。

「気にしすぎよ。私なら適当に楽しんで帰るし、研修中なら早く戻りなさい」

「う、うん、ありがとう」

よほど急いでいるのか、雫は何度も振り返りながらも足早にビルの中に戻っていった。

「気にしなくていいのに」

すでに里穂の姿が見えなくなったビルの玄関を見つめながら、里穂は肩をすくめた。

「里穂さん？」

「え？」

振り返ると、目の前に蒼真が立っていた。

「あ、あの、こんにちは」

まさか顔を合わせるとは思わず、慌てて頭を下げた。

「こんにちは。珍しいところで会うね。笹原になにか？」

「そうなんです。あの、届け物があったんですけど、妹は今戻ったところで」

上司に忘れ物をしたとは言わない方がいいだろうと思い、言葉を濁した。

「そう。お店の方は大丈夫？」

「実は今日はお休みなんです。水道管の工事で断水の時間があるので」

「だったら今日は、里穂さんも休み？」

「はい。それも平日の休みは何年かぶりです」

考えてみれば、日曜日も店の掃除や料理の仕込みでほぼ一日店で過ごしている。

出かけるのは久しぶりだ。

「恭太郎の皿洗いも休みってことだな」

からかい交じりの声に、里穂は小さく笑う。

「最近忙しいみたいで今週は一度も顔を見てないんです。お客さんたちも寂しがってます」

「ああ、今は期末の処理でバタバタしてるはずだ。そのうち顔を出すと思うけど。というよりそのために今ギアを上げて仕事をしてるはずだ。どっちが本業か本人もわかってないかもしれないな」

「まさか、それはないと思いますけど……」

蒼真の端整な顔が間近に迫り、里穂は居心地の悪さを感じた。

見るからに上質だとわかる紺色のスーツがしっくり似合っていて、立ち姿は凜々しく自信が感じられる。

店以外で顔を合わせるのが初めてのせいか、いかにも仕事ができるという佇《たたず》まいは普段の蒼真とは別人のようで、緊張しつつも目が逸らせない。

「どうかした？」

ぼんやり見上げる里穂の顔を、蒼真が訝《いぶか》しげに覗き込んだ。

「いえ、なんでもないんです」

こうして向かい合うと、いっそう別人のように思える。どうしてだろう。

うつむいた視線の先には、丁寧に手入れされているとわかる革靴。おまけに蒼真の手には、片隅にハイブランドのロゴが添えられた黒革のビジネスバッグだ。

どこをどう切り取っても隙《すき》のない身なり。彼が知らない人のように思える。

「あの。桐生さんは……今から出張かなにかですか?」

しっくりこないものを感じつつ、里穂は問いかけた。

「午後から同業者の交流会があるんだ」

「そういえば雫が桐生さんが出張続きだと言っていました。体調は大丈夫ですか?」

よく見ると顎《あご》のラインがシャープになっている。少し瘦《や》せたのかもしれない。

「体調は大丈夫。ただここしばらくささはらにも行けていないから、そろそろ里穂さんの豚汁が食べたくて仕方がない」

蒼真はそう言って、大袈裟《おおげさ》にため息を吐いた。

「豚汁なら毎日用意していますので、いつでもいらして下さい」

蒼真が気に入っているロールキャベツもたくさん作っておこう。

それに意外に甘いものが好きで、プリンが好きだと雫が言っていた。プリンなら何度も作っている得意のスイーツだ。里穂は頭の中でメニューを組み立て始めた。

「残念ながらあとしばらくはささはらに行けそうにないが」

「あ、はい」

里穂は我に返る。プリンの出番は当面はなさそうだ。

「次の予定まで時間があるから、よかったらいつもおいしい食事を用意してくれるお礼に、これからお昼をごちそうさせてもらいたいんだけど」

続く蒼真の言葉に、里穂は恐縮する。

「お礼って、そういうわけにはいきません。私が料理をお出しするのは当然で、お代もいただいていますし、とんでもないです」

蒼真からの礼などあり得ない。

「私の方が、小山さんのことでお礼をしたいくらいなのに。気を使わないで下さい」

「何度も言ってるが、そのことならいいんだ。俺にとってもささはらは大切な場所だから意見させてもらっただけ。気にしないでほしい」

「そういうわけには」

あの日以来何度か礼をしたいと伝えているが、蒼真は頑として受けつけてくれない。せめてもと思い食事代を断っても『これから店に来づらくなるから』と言われれば受け取るしかない。

「あれから、なにもない？」

心配する蒼真に、里穂は大きくうなずいた。

「大丈夫です。あの、本当にありがとうございました」

里穂の言葉に安心したのか、蒼真はこの話はここまでとばかりに表情を和らげると、腕時計にチラリと視線を向けた。

「ひと駅先になじみの店があるから、そこでごちそうさせてほしい」

「いえ、それは、やっぱり遠慮させて――」

「ひとりの食事は寂しいと思っていたんだ。付き合ってくれるとうれしい」

「あ……わ、私でよければ」

蒼真の笑顔があまりにも優しくて、里穂はついうなずいた。

「ありがとう」

蒼真は顔をほころばせると、通りの向こうからやってきたタクシーを止めた。

「あ、あの」

そしてオロオロする里穂を、タクシーの後部座席に押し込むように乗せた。

蒼真に連れられてきたのは、里穂も名前だけは知っている老舗《しにせ》の鰻《うなぎ》店だった。

オフィス街からも近い神社裏手の豊かな緑の中にあり、静かで落ち着きのある風情を漂わせていた。

「柔らかくてふんわりしていて絶品ですね。タレもいい甘さでご飯もおいしいです」

里穂は柔らかくふっくらと焼き上がった鰻に舌鼓を打った。

「気に入ってもらえてよかった」

蒼真も里穂の向かいの席で鰻を楽しみながら、満足そうに微笑んだ。

「ここにはよく来られるんですか？」

「時々。仕事が立て込んで疲れている時に来ることが多いかな」

「鰻って食べると元気になりそうですからね」

とはいえたびたび食べられる手頃な料理ではないので、里穂にとってはここぞという時に食べる特別なメニューだ。

おまけに今は個室のお座敷にふたりきり。蒼真とテーブル席に向かい合っていることの状況は鰻同様非日常で、なかなか落ち着けずにいる。

「素敵なお部屋ですね」

障子から漏れ入る柔らかな日射しが八畳ほどの和室を明るく照らしていて、蒼真の姿もハッキリと目に入る。

店でカウンター越しに顔を合わせている時には気づかなかった、目尻に白く残る五ミリほどの傷痕。

そして真っ黒だと思っていた髪の色は日射しを浴びると少し茶色がかって見える。

すべて今日初めて気づいたことだ。

今まで店で会うばかりで、当然だが外で顔を合わせるのは今日が初めて。

太陽の光を浴びている蒼真はゆったりとして見え、今までカウンターに腰を下ろした蒼真しか知らなかったせいで、思っていた以上の長身だと改めて知って驚いている。

杏華堂の前で感じた違和感の正体はこれだったのだ。

店で食事をする蒼真しか知らなかったせいで、彼を別人のようだと感じたのだ。

今も柔らかな日射しを浴びておいしそうに鰻を口に運ぶ蒼真の表情はこれまでになく穏やかで、まるで初対面の人と食事をしているようでそわそわしている。

「あの、時間は大丈夫ですか？」

里穂は落ち着かない気持ちをごまかすように、声をかけた。

注文をする時に交流会が十五時スタートだから時間には余裕があると聞いたが、そろそろ十四時だ。ゆっくり食事をしていて大丈夫なのだろうか。

「会場がここから歩いて五分もかからないから大丈夫」

「五分……そうなんですか」

それを聞いてホッとするものの、だとすればかなり早く会社を出ていたのだと不思議に思う。

「ああ、そうだよな」

里穂の疑問を察したのか、蒼真は表情を崩した。

「もともと、ささはらに行くつもりだったんだ」

「うちに？」

蒼真はニッコリ笑う。

「打ち合せがひとつ飛んで時間ができたから、ささはらで昼食をとってから行くつもりだったんだ。だからさっき休みだと聞いて、実はがっかりしてた」

蒼真は軽く肩をすくめそう言うと、食べ終えた重に蓋《ふた》を被せた。

「そうだったんですか。すみません。だったら会社の前でお会いできてよかったです。来ていただいても無駄足に終わるところでした」

蒼真は軽く微笑んだ。

「それに、うちの料理よりもこの鰻の方が疲れた身体にはよさそうですから。逆によかったかもしれませんね。それにしても本当においしいです」

里穂は残りの鰻を口に運んだ。炭火焼きの香ばしさが口の中に広がって、いくらでも食べられそうなほどおいしい。

「やっぱりこちらのお料理には、敵いません。というより比べるのも申し訳ないです」

蒼真がささはらを贔屓《ひいき》にしてくれるのはありがたいが、どう考えてもこの鰻の高級感には太刀打ちできない。それだけでなく店構えや内装も、ささはらは足もとにも及ばない。

「それはどうかな」

「え？」

「この鰻はもちろん文句なしにおいしいし、絶品だけど」

蒼真はそこでいったん口を閉じ、テーブル越しに里穂に身体を寄せると。

「里穂さんの料理、とくに豚汁には敵わないよ」

まるでふたりだけの秘密だとでもいうように、小声でささやいた。

「この間のあじのフライも、うまかった」

続くささやきに、里穂はつかの間《ま》息を止めた。

「そう言ってもらえるとうれしいです。励みになります」

手狭で老朽化が著しい店でこの先どれだけ踏ん張れるのか見通しは甘くないが、とにかく頑張らなければと、気合いも入る。

里穂は椅子の上で姿勢を伸ばし、改めて蒼真に向き合った。

鰻を食べたおかげか蒼真の言葉に力を得たからか。これまでになく前向きな気持ちが胸に溢れている。

「近いうちに手作りのプリンをメニューに加えますので、是非食べて下さい」

頬《ほほ》を緩ませた蒼真につられ、里穂も顔がほころぶのを我慢できなかった。

第二章　プロポーズは桜の木の下で

三月末。

杏華堂は創業五十周年を迎え、ホテルの大宴会場で記念パーティーが催されていた。

招待客の中には政財界の重鎮や芸能関係者の顔もちらほら見える。

グループ企業や取引先からの出席も多く、社長をはじめ取締役たちの周囲には挨拶の順番を待つ長い列ができている。

次期社長の蒼真のもとにも大勢の関係者が集まり、その輪の中心で蒼真は一人ひとりに笑顔を向け言葉を交わす。

「桐生部長が指揮を執《と》られて年明けに一新されたメイクアップシリーズの売上げが歴代最高を記録しているそうですね」

「それに海外の人気が予想以上で生産が追いつかないとか。次期社長がこれだけ敏腕で優秀となれば、杏華堂は安泰ですね」

ここ最近蒼真が携わったプロジェクトはどれも好成績を収めていて、社内外からの評判もいい。おかげで今も輪の雰囲気はひどく和やかだ。

「ありがとうございます」

蒼真は周囲を見回し、軽く頭を下げる。

「ただ、今回の結果はプロジェクトにかかわったメンバー全員の努力と頑張りによるものです。私は彼らが仕事を進めやすいように後押ししていただけです」

ここぞとばかりに功績を称える面々に、蒼真は恐縮し答えた。

たしかにプロジェクトの総責任者は蒼真だが、研究、開発、そして販売や営業。あらゆる方面の力が結集してこその成功だ。

同じ目標を持つメンバーたちのために最大限の力が発揮できる環境をつくるのが責任者の仕事。

蒼真はその信念を軸に、仕事に向き合っている。

「これからも多くの方に喜ばれる商品を提供できるように努力しますので、よろしくお願いします」

再び腰を折った蒼真に「期待しているよ」という温かい声とともに拍手が広がった。

立食形式の会場内にはホテル自慢の手の込んだ料理がふんだんに用意され、宴は和やかな雰囲気の中、順調に進んでいた。

杏華堂は海外展開にも積極的なことから日本語以外の言語もあちこちで飛び交っていて、英語が堪能な雫は生き生きとした表情で精力的に通訳にあたっている。

「雫、昼にサンドイッチをひとつつまんだだけなんだよ。少しは休めばいいのに」

会場奥から雫を見つめ、恭太郎が傍らに立つ蒼真に心配そうにつぶやいた。

恭太郎は前期の営業成績優秀者として式典に参加していて、全国から集まった優秀者を代表して社長から表彰されていた。

「蒼真もいくらなんでも働きすぎじゃないのか？　最近休みも取れてないだろ」

「そうだな。まあ、忙しいのには慣れてるし、休みもそのうち取るよ」

心配する恭太郎に、蒼真は軽い口調で答えた。

蒼真は今、招待客からの挨拶を受けひと区切りついたタイミングで恭太郎に促され、ひと息ついている。

「休む休むって言って、結局休まないんだよな。仕事が好きなのはいいけど、そのうち身体を壊すからな」

変わらず心配している恭太郎に、蒼真は苦笑する。

入社以来、次期後継者として注目を浴びることが多く、たしかに必要以上に気を張って仕事に向き合ってきた。役職に就いてからは仕事量だけでなく背負う責任も増え、忙しい日々が当たり前になっている。

たしかに仕事に集中する日が続いて体力的にきつく感じる時もあるが、それ以上のやりがいと充実感、そして会社の存在意義を改めて実感できる。

結局、自分の立場に関係なく仕事が好きで、誇りに思っているのだ。

「そういえば雫が言ってたぞ」

「笹原？」

ふとつぶやいた恭太郎の視線を追うと、会場の真ん中で雫がハイブランドのスーツを着こなすスラリとした金髪の女性と笑い合っているのが見える。

「ああ、ジュリアさんだな。彼女はイギリス支店の支店長だ」

蒼真の言葉に、恭太郎は「知ってる」と即答する。

「彼女の息子さんが日本に留学することになって、蒼真が色々手を貸して面倒を見ているらしいな」

「面倒を見るって言っても、うちが所有してるマンションを提供して、困ったことがあれば相談に乗ってる程度だけどな」

蒼真はあっさり答えた。

イギリス支店長の息子は子どもの頃から日本に興味があり、ある程度日本語が話せたので、留学二年目の今は蒼真のサポートなしでも問題なく留学生活を楽しんでいる。折に触れ食事に誘い顔を合わせているが、そのたび日本語が上達し逞《たくま》しくなっていて、感心させられるばかりだ。

「イギリス支店長、かなり蒼真に感謝しているらしいな。おかげでイギリスのうちの売上げはこの一年で右肩上がり。支店長が蒼真に恩を感じて社員に檄《げき》を飛ばしてるって話」

「大袈裟だ。彼女はもともと親日家でこっちに遊びに来ることも多いから、それが役に立ってるんじゃないのか？」

サラリと答える蒼真を、恭太郎が「またまたご謙遜《けんそん》を」と軽くからかう。

「彼女、蒼真が社長になったら、それこそ蒼真のために支店全体でバックアップするつもりだってささはらで言ってたぞ。よっぽど蒼真に感謝してるんだな」

「ささはらで？」

蒼真は目を開き振り向いた。

「ちょうど去年のハロウィンの頃に会議でこっちに来ていたから、雫がささはらの仮装パーティーに誘ったんだよ」

「ハロウィン……？　仮装？」

「そうだよ。俺がドラキュラで雫はかぼちゃ。これがまたかわいくてさ。アクスタ作って俺の部屋に並べてるんだよなー。で、ジュリアさんは里穂さんが成人式の時に用意した振袖を着せてもらって大喜び。仮装じゃないとか余計な突っ込みはいらないからな。ちなみにその時俺が撮った写真がイギリス支店の支店長室に等身大で飾ってある」

「アクスタ……等身大？　なにも聞いてないぞ」

「それはそうだろ。俺と雫がささはらに来いって誘ってもいつも興味ゼロ。全然来る気なかっただろ。あの日もジュリアさんの名前を出す前にさっさと電話を切るし。夜通し盛り上がったのにさ」

恭太郎は拗《す》ねた口ぶりでそう言って、蒼真にチラリと視線を向ける。

「それは……まあ、たしかに興味はなかったからな」

蒼真は気まずげに答えた。

会社だけでなくプライベートの時間にまで恭太郎と雫のデレデレぶりを見せつけられるのが面倒で、ささはらだけでなくふたりからの誘いはすべて断っていたのだ。

何度も絶品の料理を食べにささはらに来るよう粘られる機会はあったが、その気になることはなかった。

ささはらについては雫の姉が切り盛りしている店という認識だけで、とくに興味はなかったのだ。

状況が変わったのは、増設したラインの稼働を見届けるために工場に出向いていた日のアクシデントとでもいうべき出来事がきっかけだ。

工場とはかかわりのない常務が、見合い相手の女性を連れてわざわざ工場まで押しかけてきたのだ。

見合い相手の島田《しまだ》麗美は、叔父でもある常務の妻の姪《めい》。つまり蒼真とは遠戚関係にある。

もともとどんな相手であれ結婚する気などなかった蒼真は、麗美が勝ち気でわがままな性格だと耳にしていたことも相まって頑として見合いを断っていたのだが、あきらめの悪い常務が工場にまで押しかけてきて、その場で麗美と見合いするよう迫った。

蒼真は取り合わずすぐに追い返したが、なかなか苛立《いらだ》ちが治まらず、見かねた雫に引きずられるようにささはらに連れていかれた。

その日を境にしてささはらの料理の虜になったのは計算外だったが、今となればあの日の雫の強引さには感謝ばかりだ。

それにしても、と蒼真は小さく息を吐く。

今も常務のあの日の愚行を思い出すと、苛立ちが蘇《よみがえ》ってくる。

工場に現れた途端、常務が蒼真に向かって口にした言葉も、あまりにも滑稽《こっけい》すぎてすぐに思い出せる。

「蒼真、麗美さんがわざわざ来てくれたからふたりで話でもしてきたらどうだ？」

「……は？」

あの日の常務の言葉が聞こえたような気がして、蒼真は恭太郎と顔を見合わせた。

「どうせあとはお開きを待つだけだろ。だったら工場でお前がしでかした無作法に目を瞑《つむ》って今日も来てくれた麗美さんをもてなしてやれ」

「いったいなにをまた……」

耳障りの悪いしわがれた声にがっくり肩を落とし振り返ると、常務がニヤニヤ笑いながら立っていた。

傍には艶やかな朱色のドレスを着た麗美が、蒼真に向かって微笑んでいる。

華やかなメイクを施した顔はフランス人形のように整っていて、周囲からもチラチラと視線を向けられている。

「どうにかしてくれ」

蒼真は眉間に手を当て、思わずつぶやいた。

「こんにちは。本日は創業五十周年おめでとうございます」

蒼真に歩み寄り、麗美は軽く頭を下げた。

「ありがとうございます。ですがあなたに招待状は用意していないはずです。どういうことでしょう」

蒼真は語気を強め、常務と麗美を交互に見やる。

「固いこと言うなよ。麗美さんはお前の遠い親戚でもあるんだ。だったら彼女は杏華堂の関係者。招待状なんていらないに決まってるだろ。バカバカしい」

蒼真は眉間に深い皺を寄せた。

「そういう子どもじみたこじつけは、いつか常務の命取りになりますよ。会社のためにもご自身のためにもしっかり覚えておいて下さい」

まるで子どもに言い聞かせているようだとうんざりしながら、蒼真は諭した。

「とにかく、結婚するつもりはないのでいい加減にして下さい」

「まあまあ、今はそんなこと言っていても、そのうち結婚したくなるぞ。それに相手が麗美さんなら杏華堂の将来も安泰だ。なんといっても『エスディー製薬《せいやく》』のご令嬢だからな」

常務の言葉に麗美が誇らしげな笑みを浮かべるのを見て、蒼真は顔を強張らせた。

エスディー製薬は、応用性が高い顔料など、化粧品の原料を製造する老舗メーカーで、杏華堂とは創業当時から取引が続いている。

顔料以外にもいくつかの原料を仕入れているが、中には百パーセントエスディー製薬から仕入れているものもあり、重要な取引先のひとつとなっている。

ただ、他にも一社から集中して仕入れている原料が複数あり、先代から続くこの仕組みに危機感を抱いている社員は多い。現在では蒼真を中心に徐々に仕入れ先を分散させようと改革を進めている。

「蒼真と麗美さんが結婚したら、杏華堂の将来は盤石だ。俺が社長になった時のためにもせいぜい仲良くやってほしいもんだよ。いや、ちょっと気が早いか」

満足そうに笑う常務に耐えきれず、恭太郎が笑いをかみ殺しながら背を向けた。

「バカバカしい」

恭太郎とは逆に、蒼真は冷めた眼差しを常務に向けた。

社長である兄と十三歳の年齢差があるとはいえ常務はすでに五十二歳。いい加減自分の能力を直視して、社長という重責を背負える器ではないと自覚してほしい。

杏華堂の将来だけでなく、世界に何万といる社員とその家族の将来にも影響があるのだ。

「何度も言っていますが、結婚する気はないのでいい加減にして下さい」

蒼真はげんなりしながら、麗美に顔を向けた。

「常務からなにを聞かされているのか知りませんが、何度来られても結婚はあり得ません。さっさとお引き取り下さい」

「蒼真っ。麗美さんに失礼なことを言うな。彼女と結婚すればうちに優先して原料が回ってくるんだぞ。わがままばかり言わずに会社のことを考えろ」

「うわっ。それってもしかして自分に言ってる?」

こっそりつぶやいた恭太郎と、蒼真は顔を見合わせ苦笑する。

「おじ様、落ち着いて下さい。蒼真さんは照れてるんですよ」

声を荒らげる常務を、麗美がたしなめた。

そしてこのタイミングを待っていたとばかりに悠然と微笑み、蒼真に向き合った。

「そうですよね、蒼真さん。こんなに大勢の人がいるんですから、仕方ないです」

蒼真は目を丸くする。

常務が気に入るだけあって、麗美も一筋縄ではいかない相手のようだ。

「そうかそうか。だったら兄貴には俺からなんとでも言っておくからふたりでこのまま抜けていいぞ。なんなら上のスイートルームで仲良くするのも悪くないな」

自分の思いつきがよほど気に入ったのか、常務はにんまりと笑い麗美の背中をぽんと叩いた。

「おじ様、蒼真さんがもっと照れますからやめて下さい。私は全然問題ありませんけど」

「は……？」

蒼真は呆れ顔で見返した。

「そちらに問題がなくても、こちらはそういうわけにはいきません。とにかく結婚するつもりはありませんし、ここから離れるつもりもありません。招待状もないようですしスイートでもどこでもお好きなところでご自由にお過ごし下さい。それでは失礼します」

こんな茶番に付き合っている暇はない。

蒼真はふたりに背を向けた。

「蒼真さん、だったらあとでお食事に行きましょう。この近くに行きつけの――」

「お話し中、失礼いたします」

麗美が蒼真の腕を掴もうとしたタイミングで、雫が恐縮しながら声をかけてきた。

「常務、申し訳ありません」

雫は常務に一度頭を下げると、手にしていたスマホを蒼真に差し出した。

「今、連絡があったんですが。スケジュールの変更はＯＫですか？」

雫から受け取ったスマホには、明日打ち合せを予定している取引先の社長秘書からのメッセージが表示されていた。

社長の都合で予定を一時間遅らせてほしいという内容だ。

「あとの予定に影響はないと思いますが、日を改めてもらいますか？　それとも承知のお返事をしておきましょうか」

明日は打ち合せのあと経済界のお偉方との会食に社長と出席する予定だったと思い出す。

「場所も近いし時間的に余裕もあるな」

「わかりました。承知でお返事しておきます。お話し中、失礼いたしました」

雫は蒼真からスマホを受け取ると、常務と麗美に向かって深々と頭を下げた。

「本当、失礼な女ね。私が蒼真さんと話してるって気づいてたわよね。秘書かなんだか知らないけど、こっちの話が終わるのを待つのが常識でしょ？」

「失礼いたしました」

唐突に麗美の甲高い声が響き、雫は淡々と答え一度上げた頭を再び下げた。

「本当なら単なる社員のあなたが蒼真さんに簡単に話しかけられるわけないのよ。自分の立場をわきまえなさいよ」

「なに言ってるんだよ。立場ならそっちこそ――」

「いい加減にして下さい」

雫をかばう恭太郎の声を遮り、蒼真は声をあげた。

「お帰り下さい。今後お会いするつもりもありません」

「な、なにを言い出すんだ蒼真。今すぐ麗美さんに謝れ。会社のことを考えたらそんな失礼な態度はできないはずだぞ」

逆ギレする常務に鋭い視線を向けたあと、蒼真は麗美にまっすぐ向き合った。

「何度来られても、見合いするつもりはありません。もちろん結婚なんて論外です」

「で、でも……」

「それでは、失礼します」

蒼真は悔しげに眉を寄せる麗美に仰々しい仕草で頭を下げ、くるりと背を向けた。

社長や各国の大使たちが歓談している輪を見つけ、迷わず向かう。

外国語が苦手で社長とも関係がいいとはいえない常務が、そこまで追ってくるとは思えないからだ。

「あのわがままご令嬢、俺の雫によくもあんなことを言ってくれたな。今度来たら塩をまいて追い返してやる。いや、頭から一袋まるまるかけてやる」

蒼真のあとをついて歩きながら、恭太郎がぷんぷん怒っている。

「やめておけ、塩がもったいない」

どこかずれている恭太郎の言葉に、苛立ちで強張っていた蒼真の身体が一気に脱力する。

「そうよ。食べ物を大切にしないとお姉ちゃんに怒られるよ。皿洗いもさせてもらえなくなるかも」

恭太郎の傍らを歩きながら、雫がクスクス笑いながらたしなめている。

麗美からの悪態など気にしていないようだ。

「わかった。塩は大切にってことだな」

恭太郎は真剣な表情でうなずいた。

「里穂さんを思い出したら彼女の料理が食べたくなってきた。だし巻き最高っ」

「恭太郎、うるさい。なにか飲んで落ち着いた方がいいよ。部長にもなにかもらってきましょうか？」

雫の問いに、蒼真は首を横に振る。

「ありがとう。今はいい。それより恭太郎を少し落ち着かせてやってくれ」

「わかりました。恭太郎、大好きなジンジャーエールでも飲もう」

「ＯＫ」

恭太郎と雫が飲み物を取りに行く楽しげな背中を眺めながら、蒼真は肩をすくめた。

「だし巻きか」

ふと里穂の顔を思い出す。

ふたりで鰻を食べに行って以来、出張続きでささはらには顔を出せていない。

『近いうちに手作りのプリンをメニューに加えますので、是非食べて下さい』

あの日里穂がそう言っていたのを思い出した。

話の流れで子どもの頃からプリンが好きだと話したことを覚えていてくれたようだが、あれから十日あまり、そろそろメニューに加わった頃だろうか。

「というか……」

蒼真はクスリと笑う。

客が食べたいと言えばメニューになくても用意する彼女のことだ、翌日には冷蔵庫にプリンを並べていたに違いない。

わざわざ自分のために用意してくれたはずだが、忙しくて食べに行けないのがもどかしく、そして申し訳ない。

ほぼひとりで店を切り盛りする彼女の忙しさは、容易に想像できる。

聞けば週に一度の閉店日である日曜日も、買い出しと仕込みであっという間に終わってしまうらしい。

最近は店の改装や移転を勧める不動産会社の存在にも頭を痛めているようで、心身ともに疲れているはずだ。

それでも弱音らしき言葉を口に出さず笑顔を絶やさない彼女の強さには、ぐっと来るものがある。

『今回のご提案は、改めて遠慮させていただきます』

毅然とした態度で小山にそう言った里穂は、凛々しくてそして美しかった。

「蒼真、こちら昔世話になった経団連の前会長だ」

父親から声をかけられ、蒼真は我に返る。

いつの間にか社長を囲む輪に近づいていたようだ。

「今日はお忙しい中、わざわざ足をお運びいただきありがとうございます」

深々と頭を下げた視界の片隅で、表情を消した麗美がプイッと背を向け乱暴な足取りで会場から出ていく姿を確認する。

あの様子だと、またなにかしでかしそうだ。

これまでにも杏華堂の社長夫人というステイタスに憧れ近づいてくる女性に悩まされてきたが、その類いのひとりに違いない彼女には、この先もてこずらされそうだ。

面倒なことになったと、蒼真は小さく息を漏らした。

＊　＊　＊

杏華堂には社長の妻で副社長でもある杏が取り仕切る『メディカルメイク事業部』という部署がある。

事故や病気などで顔や身体に傷を負った人、生まれつきあざや傷があったり、病気の治療過程での外見の変化に心を痛めたりしている人のために設立された部署で、定期的にメイクの講習会を実施している。

設立に至ったのは、杏の大病を患う友人が薬剤の副作用で頭髪が抜け顔がむくんだことを気に病む姿を目の当たりにしたことが、きっかけだそうだ。

杏は化粧品メーカーで商品開発を手がける自分に友人のためになにかできないかと当時副社長だった夫に相談し、あらゆる事情で外見に悩みを抱える人の役に立つ化粧品を開発しようと決めた。

その後数年をかけて商品を開発し、同じ悩みを持つ者同士の交流の場を用意するため、お茶会を兼ねた、効果的なメイクの講習会を開催し続けてきた。

講習会当日の今日、ここ三年参加を続けている佳也子に付き添い、里穂も会場である杏華堂が経営するカフェにやってきた。

バリアフリーの店内は広々として明るく清潔感に溢れ、足を踏み入れた途端気持ちが晴れやかになる。

里穂はここで過ごす時間が大好きで、この日をいつも楽しみにしている。

最近では里穂自身もただ参加するだけでなく、自身の特技を生かしたお手伝いをするようになった。

店内にはすでに十人ほどが席に着いていて、若い女性が子どもを膝《ひざ》に乗せて絵本を読み聞かせている姿も見える。

「足の調子はどう？　大丈夫？」

里穂は椅子に腰を下ろした佳也子に声をかけた。

「平気。リハビリを頑張ったから、ばっちりよ」

朗らかに笑う佳也子に、里穂は優しく微笑んだ。

佳也子は交通事故の後遺症で今も軽く足を引きずるが、定期的に通っているリハビリのおかげでかなり改善し、今では杖を使い日常生活に困ることなく過ごせている。

今日も電車を乗り継ぎ三十分をかけて、しっかり歩いてやってきた。

その姿はとても力強く、事故に遭った時には考えられなかった回復ぶりには里穂も驚いている。けれどそれにはちゃんとした理由がある。

それはこの講習会だ。

事故で負った顔の傷が気になり外出できなくなった佳也子に、担当医が半ば強引に勧め、参加させたのだ。

その日杏から顔の傷はメイクでカバーできると教えられ、佳也子の心はあっという間に解放された。

顔の傷痕が、メイクで目立たなくなる。

結果的にそのことがきっかけで外出する機会が増え、それまでなかなか行けずにいたリハビリにも通えるようになった。

リハビリを続ければ続けるほど足の回復も進み、医師が期待していた以上に歩けるようにもなった。

気持ちを前向きにしただけでなく、足の回復にも寄与したメイクの力。

それを教えてくれた杏には、佳也子はもちろん里穂も感謝している。

「最近、リハビリ頑張ってたもんね」

「そうよ。講習会でみなさんに会うのが楽しみなの。お話しするだけで元気になるから絶対に欠席したくなくて、リハビリも必死よ」

「そう言ってもらえると、励みになります」

弾む声が聞こえ、里穂と佳也子は顔を向けた。

オレンジ色のニットのワンピースがよく似合うショートカットの女性が、にこやかな笑みを浮かべ立っている。

彼女が杏華堂の副社長でありメディカルメイクを推進している桐生杏だ。

今年還暦を迎えたとは思えない若々しい表情と背筋が伸びた立ち姿。

里穂の憧れの女性でもある。

二重まぶたの切れ長の目で見つめられた途端、蒼真を思い出した。

親子だけあって、やはりよく似ている。とくに顎のラインはそっくりだ。

「今日は足の調子がよさそうですね。それにこのパンツ、とても素敵ですよ」

佳也子がはいている黄色のワイドパンツを眺めながら、杏が大きくうなずいている。

「メイクに似合うように、思い切って買っちゃいました。友達も似合うって言って勧めてくれたんです」

わずかに胸を張り、佳也子は得意げに自身の装いを杏に披露する。

事故に遭ってからすっかりおしゃれに興味をなくしていた佳也子も、この講習会に参加し始めてからはメイクだけでなく洋服やアクセサリーにも気を使うようになった。

「お似合いです。佳也子さんのことをよくわかってらっしゃるお友達なんですね」

「五十年以上の付き合いなので、家族も同然なんです」

「五十年？　それは素敵ですね。そうだ、家族といえば今日、私のむす——」

「キラキラしてる」

「え？」

不意に足もとになにかがぶつかったような気がして、里穂は視線を下げた。

「キラキラきれい」

見るとさっきまで母親らしき女性の膝の上で絵本を眺めていた女の子が、里穂のワンピースをまじまじと見つめていた。

淡いピンクのワンピースの裾《すそ》部分には銀糸で刺繍が施されていて、光に反射してキラキラしている。

「キラキラが好きなの？」

里穂はゆっくりとその場で膝を突き、女の子と視線を合わせた。

「すき」

女の子はもじもじしながらもハッキリとした声で答える。

三歳くらいだろうか、大きな目とまるいほっぺがかわいらしい女の子だ。

「花音《かのん》ちゃんっ」

女の子に読み聞かせをしていた女性が、血相を変えて駆け寄ってきた。

「すみません。飲み物を取りに行っていた間にいなくなって……。花音の椅子は向こうだからね。ジュースもあるからママと一緒に戻ろうね」

「やだ。キラキラがいいの」

花音と呼ばれた女の子は母親の手を振りほどき、うつむいた。

「花音ちゃんっていうの？　かわいいお名前ね」

里穂が声をかけると、女の子は途端に笑顔を見せ軽くぴょんぴょんと跳びはねる。

「ママがすきだから、かのんなの。バイオリン、かっこいいの」

「バイオリン？　もしかしてパッヘルベルのカノンですか？」

母親がうなずいた。

「以前バイオリンを弾いていて、とくにパッヘルベルのカノン……本当はこれ、曲名じゃないんですけど、好きでよく弾いていたんです。この子がお腹にいる時にもよく弾いていて」

「それで、花音ちゃんという名前なんですね。素敵ですね」

里穂は目を細め答えると、花音に向き合った。

「実はお姉ちゃんもカノンが大好きなの。お姉ちゃんがあのピアノで弾いたら、花音ちゃん聞いてくれる？」

「うん、いいよっ」

「よかった。じゃあ、行こうか」

里穂は花音の頭を優しくなで、立ち上がった。

「え、でも、あの、ご迷惑じゃ……」

オロオロする母親に里穂は優しく微笑んだ。

「私はそのために来ているので、大丈夫ですよ。ふたりで仲良くしてますからお母さんは安心して講習会に参加して下さい」

「でも……」

「そうしましょう。娘は幼稚園の先生の免許を持ってますから、大丈夫ですよ」

わけがわからないとばかりに里穂と杏を交互に見やる母親に、佳也子が声をかけた。

「じゃあ、花音ちゃん、行こうか」

里穂は店の奥に用意されているグランドピアノへと足を向けた。

「ママ、ばいばーい」

機嫌よく手を振る花音を、母親は心配そうな表情を浮かべつつ控えめに手を振り返している。

その顔には自身が施したメイクでは隠しきれていない傷がある。直径五センチほどだろうか、丸く赤みを帯びた痕が、頬に浮き上がっているように見える。

ここに来ているのはきっと、その傷痕に悩んでいるからだ。

頬の傷痕だけでなく、目の下のクマも目立っていて、子育てに奮闘《ふんとう》し、心身ともに負荷がかかっているのが想像できる。

初めてここに来た日の佳也子を思い出して、里穂は胸が痛むのを感じた。

「花音ちゃんは何歳？」

母親が杏との時間を通じて少しでも気が楽になればいいと願いながら、里穂は女の子に笑いかけた。

「かのん、ごさい。うさぎぐみ」

そう言って片手を開いて五歳だと教えてくれる愛らしさに、里穂は目を細めた。

「うさぎぐみ？　幼稚園に通ってるの？　楽しい？」

里穂はピアノの近くに並んでいる椅子に女の子を座らせた。

「たのしい。でも、きょうはおやすみ。パパはおしごとなの！」

「そうか。日曜日は幼稚園お休みだもんね。花音ちゃん、ちょっと待っててね」

里穂はグランドピアノの前側の屋根を、蝶番の近くにキーカバーを挟んで慎重に折りたたんだ。傷をつけるわけにはいかないので、毎回ヒヤヒヤする。

そして両足に力を入れて大屋根を持ち上げようとした時。

「俺に任せて」

背後から伸びた手が、大屋根を軽々と持ち上げた。

「え……？　桐生さん？」

突然手もとが軽くなり振り返ると、蒼真が腕を伸ばし立っている。

「あの、桐生さん？　どうしてここに？」

「それは俺が聞きたいんだけどな。まさかここで里穂さんに会うとは思わなかった」

蒼真は大屋根を突き上げ棒でしっかり固定されたのを確認し、里穂に顔を向ける。

「それに、笹原からもお母さんがこの講習会に参加されてることは、聞いてない」

「あ、それは」

里穂は口ごもる。

雫は母親がメディカルメイクの参加者だということを、恭太郎以外社内の誰にも言っていないのだ。

佳也子にとって杏は人生を明るい方向に導いてくれた恩人であり、この講習会に参加したくて日々前向きに頑張っているようなもの。

もしも自分がなんらかの事情で会社を退職した場合、その後佳也子が講習会に参加しづらくなったり杏との関係に変化があったりしたら申し訳ない。

考えすぎかもしれないが、佳也子から大切な場所を奪いたくないのと、彼女が顔に傷があることを人に知られたくないだろうと考え、これまで言わずにいたのだ。

けれど結局ばれてしまった。ごまかさずにちゃんと話しておいた方がよさそうだ。

「あの」

心の中で雫に謝りながら口を開いた時、ぴょんと椅子から飛び降りた花音が跳ねるように里穂のもとに駆け寄ってきた。

「はやくききたい」

くりくりとした大きな目を輝かせ、里穂に訴える。上目使いのその瞳がかわいくて、里穂は抱きしめたくなるのをこらえた。

「すぐに弾くからね」

里穂は女の子に言い聞かせると、蒼真に「話はあとでお願いします」とささやき椅子に腰かけた。

里穂は女の子に声をかけながら、椅子の高さやピアノとの距離を調整し、両手を鍵盤の上にゆっくりと置いた。

そして。

大きなガラス窓から柔らかな日射しが燦々《さんさん》と降り注ぐカフェに、ピアノの優しい音色が響き渡った。

その瞬間、参加者たちの沈みがちな気持ちが漂う室内から緊張感が消え、代わって穏やかな空気が流れ始めた。

里穂は演奏を続けながら、ホッと息を吐く。

こうしてピアノを弾いたり、小さな子どもの面倒を見たりするために、里穂はここに来ているのだ。

父が亡くなり店を引き継ぐために幼稚園の先生として働く未来をあきらめたが、身につけた技術や資格がここで役立つとは思わなかった。

メディカルメイクを必要とする人たちを、メイクだけでなく音楽の力を借りて盛り上げたい。

その一心で、里穂は貴重な店の定休日を使って講習会に顔を出している。

杏や佳也子、そして講習会の参加者たちからの視線を背中で感じながら、里穂は心を込めて温かな音色を奏で続けた。

右から花音。そして左からは蒼真が里穂の指の動きを目で追っているのを意識しながら。


「妹が就職先に杏華堂を選んだのはお給料がいいからなんて言っていますけど、本当は母のことがあったからだと思います。メイクで顔の傷がカバーできるとわかった途端、リハビリに通えるようになって、杖を使いますがひとりで出歩けるようにもなった。そのことに、私も妹も感動したんです」

里穂はひと息にそう言うと、隣を歩く蒼真を見上げた。

ここは講習会が行われていたカフェから車で二十分ほどの場所にある川沿いの遊歩道。何百本もの木が枝葉を広げ、満開の桜を揺らしている。

大勢の人がその可憐で華やかな姿に見とれながら、ゆっくりと歩を進めている。

里穂も蒼真と並び、夕暮れのオレンジを浴びた桜の微妙な色合いに目を細め、歩いていた。

講習会のあと参加者たちは揃って食事に出かけたが、里穂は明日の営業の仕込みがあるので帰宅することにし、今は蒼真に車で送ってもらう帰り道。

たまたま咲き誇る桜を見かけ、立ち寄ることにしたのだ。

「杏華堂のメディカルメイクに出会ってなかったら、母は今も家に閉じこもったままで、カラオケなんてあり得ないし、友達と洋服を買いに行くこともなかったはずです。本当に感謝しています」

そう口にしながら、里穂は胸が熱くなるのを感じた。佳也子が笑顔と生きる気力を取り戻したおかげで家族三人、今も幸せな毎日を送れているのだ。

それがきっかけで雫は杏華堂に興味を持ち、里穂や佳也子に強く勧められ採用試験を受けた。

とはいえいざ内定を得た時には里穂に店を押しつけることにならないかと悩み、店を手伝いたいから辞退すると言い出して大騒動になったが。

「メイクの力はたしかにあったかもしれないが」

蒼真は里穂を見下ろし、口を開いた。

「メイクは単なるきっかけで、メイクが人を変えるわけじゃない。結局、お母さん自身が前向きに頑張ったから、今日もみんなで食事に出かけられるほど、回復できたんだと思うよ」

「それはそうかもしれませんが」

里穂は首を横に振った。

途端に前から歩いてきた学生たちとぶつかりそうになり、慌てて脇によけた。

「日曜日だから、混んでるな」

「そうですね……あっ」

人混みの中、蒼真に腕を掴まれ引き寄せられた。

「ごめん。何度もぶつかりそうになるから見ていられなかった」

からかい交じりの声でそう言うと、蒼真は腕を掴んでいた手をいったん離し、そのまま手をつないだ。

「あの」

続く思いがけない流れに、里穂は顔が熱くなるのを感じた。心臓の動きも速い。

二十九歳にもなって情けないと思うものの、恋愛経験ゼロの自分は男性と手をつなぐことすら初めてで、どれほど情けなくてもそれを受け止めるしかない。

「ゆっくり見るのは何年ぶりかな。迫力だな……」

里穂の混乱など気づく様子もなく、蒼真は川沿いに続く満開の桜を見上げ、感嘆の声をあげている。

手をつなぐ程度のこと、蒼真には大したことではなさそうだ。

「本当に、綺麗ですね」

つないだ手が気になるが、里穂にとっても何年かぶりの花見だ。せっかくだから楽しもうと、気持ちを落ち着ける。

「子どもの頃、桜を見に家族でよくここに来たんです」

里穂は目を細め、当時を思い出す。

川沿いに咲く何百本もの桜の美しさは圧巻で、わざわざ来てでも見る価値がある。父はこの季節が来るのを心待ちにしていた。

「寄って下さって、ありがとうございます」

ささはらに向かって車を走らせている途中、子どもの頃毎年訪れていた桜並木を見つけて声をあげた里穂のために、蒼真は車をパーキングに止め、こうして花見に付き合ってくれているのだ。

忙しい中申し訳ないと思いつつも桜の美しさには抗《あらが》えず、つい蒼真の優しさに甘えてしまった。

日曜日の夕方、大勢の人が桜を楽しんでいる。満開を過ぎて葉桜に近い木もあるが、それはそれで風情がある。

「あ、八重桜《やえ》」

周囲の桜よりも少し大きめで、たくさんの花をつけるので見応えがあり華やかだ。

「母が一番好きな桜なんです。連れてきてあげたら絶対に喜びます。でも、今年はもう無理かな。……来年のお楽しみですね」

「里穂さん？」

蒼真は声を詰まらせ黙り込んだ里穂の顔を、心配そうに覗き込んだ。

「なんでもないんです。ただ母とお花見ができると思うと、うれしくて。すみません」

桜どころではなかった以前の佳也子を思い出すと、胸に迫るものがある。

今では大切な仲間たちと一緒に食事ができるまでに回復した。

事故に遭った当時、そんな未来が待っているとは夢にも思わなかった。

「え……なんだろう」

ふと頬に熱いものを感じ手で触れると、涙が頬を流れていた。

「あ、ごめんなさい」

里穂は蒼真からそっと顔を逸らした。滅多に泣くことなどないのに、何年ぶりかに見た桜に気持ちが揺れたようだ。

「悪い。少しじっとして」

低く優しい声とともに蒼真の手が伸び、里穂の頬に流れる涙をハンカチでそっと拭《ぬぐ》った。

「あ……」

蒼真の手の温もりを感じた瞬間、里穂はハッと息を止めた。トクトクと速まった鼓動が、大きな音を立てているのがわかる。

「お母さんとの花見、今から楽しみだな」

優しい声にゆっくり視線を上げると、瞳に温かな光を滲ませた蒼真と目が合った。

「それに、今までお母さんを支えて、頑張ったんだな」

「それは……」

蒼真の言葉が胸に響いて我慢できず、涙がさらにぽろぽろとこぼれ落ちる。

「す、すみません」

「いや、気にしなくていい」

慌てる里穂の頬を、蒼真がゆっくりと拭い続ける。その仕草は丁寧で優しく、まるで里穂を愛おしむかのように繊細だ。

里穂は涙をこらえながら、どうにか笑顔を作り蒼真を見つめた。思いが胸に込み上げてきて、口に出さずにはいられない。

「メイクって人を強くしますよね。悲しくても疲れていても、メイクひとつで気持ちが前向きになれるし頑張れることも多いし。だから、桐生さんのお仕事ってとても素敵なお仕事だと思います。講習会ではいつも元気をもらってますし、母の付き添いと言いながら、私の方が楽しみにしてるんです」

講習会間近になると、店のことで忙しい合間、睡眠時間を削ってでもピアノの練習をするほどだ。

「単なる付き添いじゃないと思うが」

里穂の言葉に静かに耳を傾けていた蒼真が、ゆっくりと口を開いた。

「会場を和ませるためにピアノを弾いてくれて、今日みたいに子どもがいる時は面倒を見てくれる。スタッフのひとりだと言ってもいいと思うよ」

「それは違います。自分にできることをしているだけで、スタッフなんてとんでもない」

里穂は恐縮し、胸の前で手をパタパタと振る。

いつの間にか涙も止まっていたようで、蒼真からハンカチを受け取り「ありがとうございました。洗ってお返しします」と礼を伝えた。

気持ちは多少落ち着いたが、蒼真の手が離れて何故か寂しさを感じている。

「そういえば。花音ちゃん、かなり喜んでいたな」

蒼真が思い出したようにつぶやいた。

「そうなんです。次に弾いてほしい曲もリクエストされました」

帰り際、母親と手をつないだ花音からリクエストされたのは、今幼稚園で大人気だというアニメの主題歌だった。

「次までに練習しておきます」

花音のまん丸のかわいらしい瞳を思い返しながら、里穂は口もとを緩ませた。

「それに、花音ちゃんのお母さん、笑顔でしたね。ホッとしました」

杏が施したメイクのおかげで、顔の傷痕や目の下のクマは隠れていた。

なにより彼女の目にそれまでなかった光が宿り、力強い眼差しを花音に向けていた。

その姿は初めてメディカルメイクを経験した時の佳也子とよく似ていた。

「しつこいようですけど。杏華堂は、我が家にとっては救いの神様のようなものです」

「たしかにしつこいな」

蒼真は笑いながらそう言って肩をすくめる。

「でも、やっぱりそうなんです。母のことだけじゃなくて、雫も杏華堂に入社したおかげで恭太郎君と会えたし。ああ見えて雫も恭太郎君にべた惚《ぼ》れなんです。それに、多感な時期に父が亡くなって一時期は学校にも行けなくなったんです」

立ち直る最初のきっかけは、メディカルメイクによって前向きに変化した佳也子の姿。

そして杏華堂に入社し、恭太郎と付き合い始めたことで、雫は完全に立ち直った。

「大切な人がいなくなるのは耐えられない。恋人なんて絶対にいらないって言っていたんです。でも、恭太郎君の明るさというか、強引さというか――」

「脳天気でやたら人懐こい面倒くささとか?」

里穂の言葉を引き取って、蒼真が笑いをこらえながら続けた。

「それは……あ、私がこんなことを言ってるなんて、雫には内緒にしておいて下さい」

つい口を滑らせてしまい、里穂は慌てた。雫が知ったら全力で怒られそうだ。

「とにかく、桐生さんにその意識はなくても、我が家にとって杏華堂は救いの神様なんです」

もしも杏華堂が存在しなければ、そしてメディカルメイクが開発されていなければ。

里穂たち家族は今頃どうなっていたのか、想像するだけで切なくなる。

「だから、私にできることがあればおっしゃって下さい。もちろん講習会のお手伝いは続けます。他にもお役に立てることがあれば、協力させて下さい」

「協力か」

蒼真はふっとまぶたを伏せ考え込むと。

「だったら、協力してもらいたいことがある。聞いてもらえるか？」

口もとに柔らかな笑みを浮かべつぶやいた。

気のせいか色気が滲んでいるような甘い声音にドキリとしつつ、里穂は力強くうなずき答えた。

「もちろんです」

里穂は目を輝かせ、背筋を伸ばして蒼真に向き合った。

大した力になれるとは思えないが、感謝してもしきれないほどの恩を感じている蒼真の役に立てるなら、どんなことでも引き受けたい。

「俺と結婚してほしい」

蒼真は余裕のある声と表情でそう言葉にすると、里穂の反応をたしかめるように互いの視線を合わせた。

その眼差しが強い光を帯び、里穂の鼓動が思いがけず速まっていく。

「あの……結婚？」

里穂はこれは夢なのかとぽかんとし、目を瞬かせた。

「結婚、ですか……」

蒼真から詳しい説明を受けても、里穂は現実離れした話に混乱していた。

詳しく話したいからと桜並木を離れて連れてこられたのは、杏華堂の本社から近いイタリア料理店。

オフィス街にあるからか、日曜日の今日は客足も少なく個室にスムーズに案内された。

かなりの人気店で料理はどれもおいしいと有名らしいが、蒼真の話が気になりそれどころではない。

本当なら店の仕込みがあるので早く帰るべきだが、それも今は後回し。

目の前に並ぶサラダやパスタにも手が伸びず、スープは冷めているはずだ。

「桐生さんにお見合いの話があることはわかりました」

里穂は頭の中を整理しながら、向かいの席に座る蒼真に答えた。

「社長の弟の常務さんが、桐生さんのお見合いに熱心なんですね」

「将来父が引退したあと社長になるのは弟の自分だと勝手に思い込んでる。その道筋をつけようとして俺に見合いを押しつけてくるから、迷惑で仕方がない」

「大変ですね」

里穂は遠慮がちに答えた。自分とは縁遠い話に、ピンとこないのだ。

「常務の実績や実力を考えればその可能性はほぼゼロだが」

蒼真は眉を寄せ、言葉を続けた。

「万が一常務が俺を出し抜いて社長になった場合、メディカルメイク事業は廃止されるはずだ」

「え？」

予想もしなかった言葉に里穂はハッと顔を上げた。

「廃止ですか？」

「ああ。確実に」

「あの、どうして？」

雫からもそんな話は聞いていない。

「常務がメディカルメイク事業に反対しているから、だな」

あまりにも思いがけない話に、ただでさえ混乱している頭の中が、さらに混乱する。

「具体的な話はできないが」

蒼真は軽く前置きし、話を続ける。

「メディカルメイク事業は社会貢献を目的としていて、採算度外視の利益がほとんど見込めない事業なんだ。というより利益は設立当初から考えてない」

「そうなんですね」

里穂はすぐに納得しうなずいた。

求めやすい価格設定や無料で催されている講習会。それだけを考えてみても、利益があるとは思えない。

「常務は目先の利益にしか興味がない。社会貢献という言葉も彼の中には存在しない。どれだけの人がそれを必要としているとしても関係ない」

蒼真は顔をしかめ、指折り数えるように吐き出した。

「常務が社長になれば、メディカルメイク事業は即座に解体。商品は販売中止、講習会はもちろんなくなる」

「そんな……」

里穂は力なく肩を落とした。

「可能性は低いから、今そこまで心配しなくても大丈夫だ。常務は自分が目をかけている企業のご令嬢と俺を結婚させて、いずれはその企業に俺を追い出すつもりだ。そういう動きは今回が初めてじゃなくて、前にも見合いの話はあったんだ。今回も実現する可能性は低いが、そうはいっても面倒な芽は早めに摘《つ》んでおくにこしたことはない。だから――」

「低くても、可能性はあるんですね」

里穂は蒼真が言い終えるのを待たず、身を乗り出し問いかけた。

「そうだな。ゼロではないな」

「そうですか」

佳也子のように前向きに生きていくための手段のひとつとしてメディカルメイクを必要としている人は多い。今日の講習会の参加者たちだってそうだ。

売上げに直結しない商品だとしても、この先も残してほしい。

「俺が結婚すれば、さすがに常務も見合いの件はあきらめるはずだ」

里穂は顔を上げた。

「だからといって常務が社長の椅子をあきらめるとは思わないが、今はまず見合いの話から解放されて仕事に集中したい。とくにメディカルメイクは積極的に展開して、常務に限らず誰からも解体されないように社内での立ち位置を盤石なものにしたい」

「だから、私と結婚を？」

プロポーズされた理由がわからず混乱していたが、ここでようやく納得できた。

蒼真は常務から下心満載の見合いを押しつけられるのが面倒で、そしてメディカルメイク事業を確実に存続させるために結婚を考えているのだ。

「それと、先に聞いておくべきだったかもしれないが。今、恋人はいるのか？」

「いえ、いません。恋愛にはまったく縁がなくて」

恋人どころか好きな人すらいない。

「そうか。だったらいきなりの話で申し訳ないが、俺の妻になってもらえないか？」

蒼真は改めてそう口にする。よほど常務からの見合い話に辟易しているのか、表情はひどく真剣だ。

「結婚……と言われても」

事情は理解できたが、すぐに答えは出せない。

それに、相手が自分である必要はないはずだ。

「結婚相手なら、私より適任の女性はたくさんいると思います。それこそ杏華堂のこれからに役に立つような。だからやっぱり私には無理――」

「恭太郎たちのためでもあるんだ」

蒼真は身を乗り出し言葉を重ねた。丁寧な口ぶりから一変、ひどく砕けている。

「それって、どういう」

里穂は首をかしげた。

「この間最後まで話せなかった、笹原が恭太郎のプロポーズを断った話だ」

「そのことなら、私も気になってました」

里穂も身を乗り出した。初めてその話を聞いた時から気になっていたが、なかなか切り出せずにいたのだ。

蒼真は里穂を気遣うような表情を見せたあと、再び口を開いた。

「笹原は君に店を押しつけたことを引け目に感じていて、君が幸せな結婚をしたあとでないと、結婚しないつもりらしい」

「雫……」

里穂は息をのみ、うなだれた。

雫が店を里穂に押しつけたと思い込んでいると気づいていたが、そこまで思いつめているとは思わなかった。

「私は家族と一緒にいられるだけで幸せなのに」

結婚してもしていなくても、今の自分は間違いなく幸せだ。

「恭太郎は笹原が結婚する気になるまで待つとあっけらかんと言っているが、俺はあいつに早く幸せになってほしい」

熱がこもる蒼真の声に、里穂は顔を向けた。

蒼真はいつも恭太郎に愛想のない態度を見せていたが、今の彼はまるで違っている。恭太郎への友情を隠そうとせず、切実な思いを口にしている。

「恭太郎とは小学校の入学式以来の付き合いで、あいつも大企業の御曹司。わかり合うことは多かったし、あの明るい性格には何度も助けられてきた」

ふとなにか思い出したのか、蒼真は表情を緩めた。

それだけで、ふたりの関係の深さがわかる。

「だから一日でも早く恭太郎を笹原と結婚させてやりたい」

「私も、雫には恭太郎君と早く結婚してほしいです」

里穂も即座に同意する。

「雫も本当はすぐにでも結婚したいはずだし、私に気を使う必要もないのに」

里穂は頭を抱えた。雫が結婚しないのは自分のせいだ。

店を続けることだけで精一杯で恋愛どころではなかったが、こんなことなら客から何度か持ち込まれた見合いの話を受けていればよかった。

「恭太郎と笹原のためにも俺と結婚してほしい。君が結婚すれば間違いなく笹原は恭太郎のプロポーズを受ける」

里穂はうなだれていた顔を上げた。

「君に無理をさせてしまうだろうし、簡単に決められないのは理解できる。だから提案なんだが」

「提案？」

蒼真は表情を和らげ、うなずいて見せた。

「俺が社長に就任するまでの期間限定の結婚というのはどうだろう。自動的に常務が社長になる可能性が完全になくなるタイミングでもあるし」

「期間限定……」

ここでもまた予想外の提案を聞かされて、里穂はさらに混乱する。

「ああ。その時がきたら君の好きなタイミングで離婚していい。もちろんその後の生活に不自由がないように俺がすべて配慮する」

「離婚……それは」

里穂は表情を曇らせた。

雫たちのためとはいえ離婚前提で結婚するというのはアリなのだろうか。

自分の価値観では処理できない提案に、心が大きく揺れる。

「メディカルメイク事業を確実に残すためにも、俺との結婚を考えてくれないか」

ここぞとばかりに言葉を重ねる蒼真の勢いに気おされて、彼との結婚がすべての問題の解決策のような気がしてくる。

「君を大切にするし、絶対に裏切らない。だから状況が整うまで君の人生を預からせてもらえないか？　俺には君が必要なんだ」

熱い眼差しと言葉を向けられて、心臓が大きく跳ねる。

あり得ないとわかっていても、まるで本当に自分が妻として求められていると、錯《さっ》覚《かく》してしまいそうだ。

「もちろん、結婚しても店は今まで通り続けてもらってかまわない。というより、さ
さはらは俺も気に入っているから続けてほしい」

優しい光を帯びた蒼真の瞳が、里穂を見つめた。

「メイクは人を強くするしメイクひとつで頑張れることもあると言っていたが、君の料理もそうだ。俺はいつも元気をもらっているし君の料理を口にすると明日からもやってやるって気持ちになる」

里穂は言葉を詰まらせ両手を口に当てた。

それこそ店を引き継いだ時に、料理の味とともに父から受け継ぎ残していこうと決めた思いだからだ。

「そう言ってもらえて、うれしいです」

この七年、試行錯誤を繰り返しながらも店を続けてきた自分の踏ん張りが認めてもらえたようで、胸がいっぱいになる。

「ご存じだと思いますけど店が老朽化しているのでいつまで続けられるのか不安で悩んでいたんです。でも、決めました。改装してでもまだまだ続けます」

父の夢が詰め込まれた、そして母にとっても父との思い出が残る大切な店。この先も続けていきたい。

「その件だけど、実際に結婚したあと、俺に店の改装費用を出させてもらえないか?」

里穂は動きを止め、ぽかんとする。

「あの、冗談ですよね」

蒼真は軽く首を横に振る。

「この前も力になれるかもしれないと言ったと思うが、実は伯父《おじ》が建設会社をやってるんだ。だからそこに改装を依頼すればいい。その費用は俺が全額用意する。もちろん改装後も今までどおり君が店を続ければいい」

「全額用意って、それはちょっと……理解できません」

蒼真が突然なにを言い出したのか、わけがわからない。

「桐生さんに費用を出していただく理由はないですし、現実的な話ではないですよね」

動揺を抑えながら、里穂は答えた。

「でも、お気持ちだけいただいておきます。ありがとうございます」

頭を下げる里穂に、蒼真はクスリと笑った。

「お気持ちだけって、欲がないんだな」

「あの？」

「なんでもない。ただ、理由ならある。メディカルメイクのため、というより杏華堂の将来のために、それに恭太郎の幸せのために、一時的とはいえ君の人生を俺に預けてもらうんだ。改装費用を用意するくらい当然の話だ。気にしなくていい」

「でも」

語気を強める蒼真に、里穂は口ごもる。

「それに、あの、母がなんと言うか」

理由がなんであれ、費用を負担してもらうなど、認めるとは思えない。

「お母さんには俺が話をする。ただ、余計な心配をかけないように、メディカルメイクのことも笹原が結婚を渋っている話もしない方がいいだろうな」

「もちろんです。メディカルメイクの話は絶対にしません」

母の生きる糧のような存在だ、廃止される可能性があるなど絶対に知られたくない。

「俺と君が結婚を決めた理由はそうだな、俺が店に通ううちに君を好きになって口説き落とした。ということでいいな。実際、今日こうして口説き落としたわけだし」

「口説き落とされたつもりはないんですが」

得意げに話す蒼真を、里穂はあっけにとられ見つめた。

じりじりと蒼真に攻め込まれて落ち着かず、思考がまともに機能していない。

「時間が欲しいです」

プロポーズから始まりメディカルメイクのことや雫のこと。それに離婚の話まで。耳にするたび感情の起伏が大きすぎて、今は最適な判断ができる自信がない。

「すみません。しばらく考えさせて下さい。お願いします」

里穂は勢いよく頭を下げた。

「里穂も来たらよかったのに。すごくおいしかったのよ」

その日帰宅して二階に上がって早々、里穂は上機嫌の佳也子からスマホの画面を向けられた。

「中華？」

画面に表示されているのは丸テーブルにずらりと並ぶ点心や中華そば。酢豚もある。

「杏さんがお気に入りの町中華に案内してくれたの。どれもおいしくてお腹いっぱいになったのよ。今日初めて参加した人とも仲良くなれたし、本当に楽しかったわ」

佳也子は次々と写真を表示させながら、順に説明をしていく。

すでに入浴を済ませたのか、里穂と雫が母の日にプレゼントしたルームウェアに着替え、メイクもすっかり落としている。

「お姉ちゃん、お帰り」

顔を向けると、雫がリビングで恭太郎とタブレットを眺めていた。

「講習会のあと友達とご飯に行ってたんでしょう？　お姉ちゃんが出かけるのって久しぶりだよね。楽しめた？」

「あ、うん。途中、桜も綺麗だったし、楽しかったよ」

里穂はぎこちない笑みを浮かべ、答えた。

佳也子に知り合いと食事に行くことになったとメッセージを送っておいたが、雫にも伝わっていたようだ。

嘘はついていないが知り合いというのが蒼真だとは言えず、心苦しい。

「桜もそろそろ散っちゃいそうだもんね。恭太郎、明日かあさってのお昼、花見がてら外で食べない？　駅のところの公園がいい感じで咲いてるはず。お弁当買って食べようよ」

里穂のぎこちなさに気づくでもなく、雫は声を弾ませている。

「だったら早速明日。写真を撮って蒼真に送りつけるのもいいな。羨ましがるぞ」

肩を揺らし笑う恭太郎と、満面に笑みを浮かべて恭太郎を見つめている雫。

ふたりを包む柔らかな空気が流れてきて、里穂の胸がほっこり温かくなる。

「桜なら私も今日見たわよ。花音ちゃんがはしゃいでかわいかったの」

佳也子は雫たちの間に割り込むと、いそいそとスマホの写真を見せている。

「お母さん……」

三人が並ぶ姿を眺めながら、里穂は目の奥が熱くなるのを感じた。

「花音ちゃんね、桜の花びらを浴びて天使みたいにかわいかったのよ。おじいちゃんがメロメロなんだって」

佳也子は見て見て、とばかりに恭太郎にスマホを押しつける。

屈託のないその笑顔を見ていると、いよいよ我慢しきれず涙がこぼれ落ちそうだ。

三年前の佳也子なら、家族以外に素顔を見せることは絶対になかった。

けれど今は、緊張感のないルームウェア姿、そして傷痕がはっきり見える素顔で恭太郎と笑い合っている。

佳也子の中で恭太郎はとっくに家族の一員で、傷痕を見られるくらい大したことではないのだ。

「そうだ、今日のお店に今度四人で行かない？　恭太郎君が好きな春巻きもおいしかったわよ。なんならお店を一日くらいお休みしてもいいじゃない。たまには家族揃って出かけましょうよ」

佳也子の言葉に、雫と恭太郎が顔を見合わせ、はにかんでいる。

家族という言葉が照れくさく、そしてうれしそうだ。

「うん、いいね、家族で町中華。楽しみ」

なんのためらいもなく里穂の口を突いて出た家族という言葉。里穂の中でも恭太郎はもう、家族の一員なのだ。

「麻婆豆腐もおいしかったわよ」

早速タブレットで店のホームページをチェックしている三人の幸せそうな笑顔。

ずっと見ていたくなる。

里穂はその笑顔を守らなければと、心に決めた。

恭太郎が帰宅し雫と佳也子が自室に引き上げたタイミングで、里穂は一階の店に下り蒼真に電話をかけた。

二十二時という遅い時間は迷惑かもしれないとも考えたが、間を置くと決意が揺らいでしまいそうなので、思い切ることにした。

《もしもし、里穂さん？》

呼び出し音が五回ほど続いたあと、蒼真の穏やかな声がスマホから聞こえてきた。

考えてみれば電話で話すのは初めてで、声を聞いた途端あまりの緊張感に手にしていたスマホを強く握りしめた。

「あ、あの、遅くにすみません。今日は、ありがとうございました。お料理もおいしくて、桜も綺麗で」

心臓がバクバクと音を立て始め、自分でもなにを話しているのかわからない。

《こちらこそ、一緒に桜を見られて楽しかったよ。今も、来年またふたりで花見を楽しみたいと思っていたところだ》

里穂と違い蒼真の声は落ち着いていて、スマホの向こうで彼が柔らかな笑みを浮かべているのが想像できた。

《夏にはあの河原沿いで花火が上がるらしいな。ふたりで見に行かないか？　正直、花火をゆっくり楽しんだことがないんだ。そっちは家族で見に行ったりしたのか？》

「はい。子どもの頃は家族で毎年。たしか去年は雫と恭太郎君がふたりで行ったはずですよ」

ふたりとも浴衣を着ていそいそと出かけていたのを思い出す。

《ああ、そういえばうんざりするくらいの写真が送りつけられてきたな》

小さく笑う蒼真につられ、里穂も笑い声を漏らした。里穂のスマホにもたくさんの写真が送られてきたのだ。花火はどれも綺麗で子どもの頃を思い出した。

《迫力がある綺麗な花火だった》

「この辺りでは一番の規模の花火大会なんです。屋台もズラリと並んで」

スマホから聞こえてくる蒼真の心安らぐ声に、次第に気持ちが落ち着いていく。

里穂はスマホを両手で握りしめ、蒼真に気づかれないよう小さく息を吐き出した。

《じゃあ、今年の花火はふたりで見に行くのもいいな。今日の桜も綺麗だったし、楽しみ……あ、もしかして車になにか忘れ物でも？　わざわざ電話をくれたのに一方的に話して悪い。初めて里穂さんから電話をもらって、ついはしゃいだみたいだ》

「いえ、一方的なんて、それは全然」

思わず力を込めて答えた。

突然電話をかけたのは里穂の方だ。それでも〝はしゃいだ〟と言ってもらえ、少なくともこの電話を迷惑に思われていないようで安心する。緊張感もさらに解けていく。

「あのっ」

里穂は蒼真の言葉に勇気をもらい、勢い込んで呼びかけた。今はまず話さなければならないことがある。

《里穂さん？　なにかあったのか？》

つかの間黙り込んだ里穂を、蒼真が気にかける。

「はい。あの、私」

ゆったりとした蒼真の声に気持ちを整えながら、里穂は口を開く。

「私、桐生さんと結婚します」

わずかな灯りひとつのほの暗い店内に、里穂の意外にも力強い声が響いた。

「あ、すみません。そうじゃなくて、結婚して下さい。全然自信はないんですが、少しでも桐生さんのお役に立てるように努力します。だから、あの、私と――」

《俺と結婚して下さい》

今度は蒼真が里穂の言葉を遮った。

《必ず幸せにする》

甘すぎる声がスマホから響いて、里穂の顔があっという間に熱くなる。

「あ……はい。よ、よろしくお願いします」

蒼真の甘いささやきにときめいてドキドキし、真っ赤になっているはずの顔を空いている手で押さえながら、里穂は電話にしてよかったと心から思った。

こんな顔、蒼真に見られるのは恥ずかしすぎるから。

第三章　記念日にはシュークリーム

五月半ば。

結婚の挨拶をするために、ささはら二階の自宅に蒼真が訪れていた。

これまで蒼真が一階の店舗に食事に来ることはあっても自宅に招くのは初めてで、里穂は朝から緊張していた。

今も座卓を挟んで向かい合う佳也子と雫を前に落ち着かず、トクトクとうるさい心臓の音が佳也子たちに聞こえないかとドキドキしている。

そしてふたりに嘘がばれないかとどうしようもなくひやひやしている。

「突然のことで驚かれたと思いますが、里穂さんとの結婚を考えています。お許しいただけないでしょうか」

里穂と違い、蒼真は落ち着いた様子で佳也子たちにそう言って、頭を下げた。

隣の里穂も、慌てて頭を下げる。

いよいよ始まったとさらに緊張しながら、膝の上に置いた手をぐっと握りしめた。

「驚くどころじゃないわ。なにも聞いていないからわけがわからなくて、まだ信じられないわよ」

困惑している佳也子の声に、里穂はゆっくりと顔を上げた。

途端に佳也子の隣で様子をうかがっている雫と目が合い、曖昧《あいまい》に微笑んで見せた。

数日前に蒼真と結婚すると伝えたものの、雫は今までそんな素振りひとつ見せなかったふたりの結婚に違和感を覚えたようで、今も訝しげな表情で蒼真の話を聞いている。

「お母さんがそう思うのは当然です。私自身、里穂さんと結婚どころかお付き合いするつもりもなかったんです」

「だったら、どうして突然？」

佳也子は不安げに蒼真と里穂を交互に見やる。いきなりのことに驚いている以上に、里穂を心配しているのがわかる。

「ご存じの通り、私はいずれ父の後を継いで杏華堂を率いていく立場にいます。結婚すれば妻となる女性に負担がかかるのは避けられません。そこに里穂さんを巻き込んでいいものか悩んでいたんです」

「まあ……」

丁寧に気持ちを口にする蒼真に、佳也子はみるみる目を潤《うる》ませている。

「ですが結局、里穂さんのことをあきらめられなくて、先月初めにお付き合いを申し込みました。メイクの講習会で偶然彼女と顔を合わせた時に、花音ちゃんにピアノを弾いて聞かせる優しさにぐっと来て——」

「え、だったらあの時ご飯に行っていたっていうのは……」

驚く佳也子に、里穂は気まずげにうなずいた。

雫も思い出したのか、ハッとした表情を浮かべている。

「そうです。あの日ふたりで桜を見に行って、満開の八重桜の下で、好きだと気持ちを伝えました」

「桜の木の下で告白なんて、ドラマみたいで素敵」

短期間でも付き合っている時間がある方が説得力があるはずだという蒼真の考えは正しかったようだ。

佳也子は両手を胸の前で組み、夢見るように目を細めている。

「お付き合いさせていただいた時間は短いですが、里穂さんを知れば知るほど好きになって、すぐにでも結婚したいと考えるようになりました。幸せなことに里穂さんも同じ気持ちです。僕たちの結婚を認めていただけませんか？」

「ま、まあ。そうなのね。私は里穂が幸せになれるなら、反対はしないわ」

佳也子はそう言って、潤んだ目で里穂を見やる。

「お母さん……。ありがとう。私なら大丈夫。桐生さ……蒼真さんとなら幸せになれる自信があるから、心配しないで」

「お姉ちゃん……」

佳也子とは逆に、雫の表情は相変わらず晴れず、今も里穂と蒼真に探るような視線を向けている。

「もうひとつお願いがあるのですが」

蒼真は改めて背筋を伸ばし、佳也子と雫に顔を向けた。

「この先こちらの事情で里穂さんに負担をかけてしまう代わりというにはまったく足りないと思いますが、私に店の改装を任せていただけませんか？　お店を今よりも安全で使い勝手がいいものに改装してこちらでの彼女の負担を少しでも減らしてあげたいんです。伯父の会社に依頼して費用も私が全額用意するつもりです」

「えっ？　改装ですか？　それに全額って……」

それまで蒼真の話にじっと耳を傾けていた雫が、驚きの声をあげた。

「部長、それはおかしいです。改装の費用なんて、お願いできるわけないと思いますけど」

「たしかに」

訝しむ雫に、蒼真はあっさりそう言って小さくうなずいた。

「笹原の言う通りだとは思うが、彼女のためになにかしてあげたいんだ」

「蒼真さん？」

これも今日話す予定のなかった言葉だ。淡々と、それでいて雫の目をまっすぐ見つめながら話す横顔はとても凛々しくて、まるで本気でそう思われているような気がしてドキドキする。

蒼真はひと呼吸おくと、身体ごと里穂に向き合った。

「愛する妻を幸せにするのは夫として当然のことだ。言葉を選ばず言わせてもらえば、里穂が喜んでくれるなら改装費を用意するくらい大したことじゃない」

不意に掴まれた両手から、蒼真の体温がじわじわと伝わってきて、全身が熱を帯びていくのがわかる。

「あの……？」

里穂は蒼真に両手を委ねたまま、声を震わせた。

店の改装費用のことも佳也子にどう切り出すのかも教えてもらえなかったが、まさかここまでのセリフを考えているとは思わなかった。

本気の気持ちを伝えられている気がして胸が高鳴り、優しい眼差しから目が逸らせない。

「まあ、まあ……」

部屋に佳也子の声が響いた。

顔を向けると、佳也子が真っ赤な顔で里穂たちを見ている。

里穂はとっさに蒼真の手から離れた。

「愛する妻。パパも若い頃はよくそう言ってくれていたのよ。でも、蒼真さんはパパよりも男前で素敵」

「お母さんっ」

うっとりつぶやく佳也子に里穂は慌てる。

「だって本当に蒼真さん素敵だもの。それに里穂のことを大切に思ってくれてうれしいわ。里穂も蒼真さんと同じ気持ちみたいだし。こんなに見つめ合っちゃって、見てるこっちの方が照れちゃった。でも」

佳也子はそこでいったん口を閉じると、それまでの舞い上がった表情をすっと引きしめ蒼真を見つめた。

「店の改装の件ですが。安全の面でもなるべく早く改装するべきなのはわかっていますが、お恥ずかしい話、資金面ですぐには対処できません」

「その費用を私に用意させて下さい。里穂のためにというのが一番ですが、私もささはらが好きなので力になりたいんです」

「ありがとうございます。本当なら遠慮するべきだとわかってるんですが」

佳也子はチラリと里穂を見やったあと、一度うなずいた。

「お力をお借りしてもいいでしょうか」

「お母さん、でもそれは……」

雫が不安げに佳也子に声をかけた。

「もちろんです。すぐにでも伯父に連絡を入れて調査に――」

「ただ、費用はお借りするということでいいでしょうか。毎月少しずつですがお返しします」

佳也子は凛とした声でそう言って、ニッコリと笑った。

「本当にすこーしずつになると思うので申し訳ないんですけど」

「もちろんかまいません。というより、返済のことは気にしていただかなくても」

蒼真の言葉に、佳也子は肩をすくめた。

「ありがとうございます。ここで返済は任せて下さいと言いたいところなんですが、それはどう考えても無理なんです。だから、少しずつお返しさせていただくということで、蒼真さんに甘えさせていただいていいでしょうか」

「お母さん？　甘えさせてって……」

里穂は目を瞬かせた。返済するのは当然のこととはいえ佳也子があっさり蒼真の申し出を受けるとは思わなかった。

「わかりました」

蒼真がホッとし表情を緩めた。

「具体的な返済の話はおいおい進めるとして、改装については早速取りかかるように伯父に連絡します」

間を置かず佳也子にそう伝え、蒼真は戸惑う里穂に安心させるような笑顔を向けた。

「よろしくお願いします。ふふ、新しいお店、ちょっとわくわくするわね。雫も楽しみでしょ？」

「う、うん……」

声を弾ませる佳也子とは逆に、雫の表情は変わらずスッキリせず、里穂たちが結婚することにも納得できていないようだ。

するとその時、佳也子がそれまで投げ出していた足で正座をし、背筋を伸ばした。

後遺症が残る足での正座はかなりつらいはずだ。里穂は雫と顔を見合わせた。

「夫が亡くなってから、里穂は家族と店のために自分のことは後回しで頑張ってくれました。今三人で笑っていられるのは里穂のおかげです。里穂は私の自慢の娘。幸せになってほしいんです。だから、里穂のことを、よろしくお願いします」

「お母さん……」

深々と頭を下げる佳也子の小さな身体が震えているのに気づいた途端、里穂の目尻から涙がこぼれ落ちる。

佳也子の気持ちがうれしい反面、この結婚の理由を思い出して後ろめたさも感じる。

「頭を上げて下さい」

蒼真が佳也子に優しく声をかける。

「里穂さんが今までご家族とお店のために頑張ってこられたことは、彼女から聞いています。それだけじゃなく、家族と一緒にいられるだけで幸せだとも言っていました」

「あ……」

たしかにそう言った。というより、その気持ちは当たり前すぎてとくに意識して口にしたわけじゃない。

「私も初めて彼女に会った時から、幸せそうにお料理をされる方だなと思っていました」

蒼真は里穂に優しく微笑むと、目を潤ませている佳也子に再び視線を向けた。

「これからは、僕たちふたりで幸せになります。安心して下さい」

甘く優しい、そして力強い声に、里穂は本気で蒼真から愛されているような気がして、全身が震えるのを感じた。


その後桐生家への挨拶を終え無事に結婚の承諾を得たあとの動きは早かった。

結婚式が来年の四月に決まり、同時に店の改装に向けての打ち合せも始まった。

早々に建物の状態が調査された結果、店舗部分だけでなく二階と三階の住居部分も建て付けが悪かったり水回りが劣化していたりと手を入れる必要があるとわかり、急遽《きゅうきょ》建物全体の改装を実施することが決まった。

完了までに三カ月以上かかるので、その間店は休業し、三人は家を出ることになる。

佳也子と雫のために蒼真が用意してくれたのは、店から歩いて五分ほどの場所にある中層マンション。極力生活スタイルが変わらないようにと、蒼真が気を利かせてくれたのだ。

そして里穂は蒼真の提案で彼が暮らしているマンションに引っ越し、同時に婚姻届を提出することになった。

当初は結婚式までは里穂も家族と暮らし、婚姻届の提出もそれと同じタイミングで蒼真との同居を始めようと考えていた。

けれど相変わらず里穂たちの結婚に疑問を持っているらしい雫を納得させるために、蒼真との同居を早めたのだ。

六月最初の日曜日。

里穂は住み慣れた自宅から蒼真の家に荷物を運び入れた。

自宅から運んだものは段ボール十箱と子どもの頃から愛用しているミシン。

もともと荷物が少ないうえに、家電や家具、主だった生活用品は揃っているので嫁入りとは思えないほど簡単に引っ越しは完了した。

佳也子と雫の荷物も仮住まいとなる近所のマンションへの搬入が終わっているはずで、今頃ふたりも片付けに追われているはずだ。

「なにかお手伝いできることはありますか？」

蒼真が用意してくれた部屋で荷物の整理をひととおり終えた里穂は、リビングに顔を覗かせた。

ここには何度か来ているが、4LDKの広すぎる家にはまだ慣れず、ついキョロキョロしてしまう。

築一年も経っていない室内はどこも綺麗で、玄関床の大理石は艶やかに輝いている。キッチンや浴室、設備はどれもトップランク。これまで実家で使っていた三十年ものとの差に驚くばかりだ。

週に一度ハウスクリーニングを依頼していると聞いた時は、生きる世界の違いに言葉を失った。

「ちょうどよかった。こっちもひと区切りついてコーヒーを淹れたから休憩しよう」

顔を向けると、蒼真がトレイを手にして立っていた。

「すみません。気がつかなくて」

里穂は慌てて蒼真に駆け寄り、トレイを受け取ろうと手を伸ばした。

「気にしなくていい。里穂と違って料理はさっぱりだが、コーヒーだけは自信がある」

蒼真はトレイを里穂の手からゆっくりと遠ざけ、ローテーブルにコーヒーを並べた。

「そ、そうなんですね」

結婚が決まってすぐに〝里穂〟と呼び捨てられるようになり、そのたび反応してドキドキしている。周囲からの目もありそれは当然だとわかっていても、なかなか慣れない。

今も視線を泳がせ、トレイを受け取ろうと差し出した手をぎこちない動きで引っ込めてしまった。

おまけに今は広い家に蒼真とふたりきり。

片付けの慌ただしさで抜け落ちていた現実に気づいて、全身が熱く緊張していくのを感じる。

「といっても、俺のこの自信は優秀なコーヒーメーカーのおかげだけど」

冗談めかして笑う蒼真につられ、里穂もわずかに口もとを緩めた。

同時に鼻先を掠めたコーヒーの香ばしいアロマに、緊張している身体から、ほんの少し力が抜けていく。

それでも全身に居座る緊張感はかなりのもの。心臓の動きも驚くほど速い。

「そっちは片付いた？」

「ま、まだ細かいものは残ってますけど、だいたい終わりました」

里穂は口ごもりながら答え、蒼真に続いてラグに腰を下ろした。

テーブル越しに向けられる蒼真の視線が気になって、つい視線を泳がせてしまう。

覚悟していたとはいえふたりきりになると緊張し、呼吸ひとつにも神経質になる。

同居生活は始まったばかりだというのに、この先うまくやっていけるのか、不安だ。

「やっぱり四十階はすごく高いですね。周りになにも見えないので妙な気分です」

沈黙が気になって、つい意味のない言葉を口走る。

タワーマンションの最上階。周囲の建物はどれもここよりも低く、窓からは空しか見えない。

「家は里穂が住みやすいように自由に手を入れてくれていいから」

「え、でも」

「俺はここにはほぼ寝に帰るだけなんだ。料理でもなんでも自由にやってくれていい」

「ありがとうございます。実は業務用にも負けない大きなオーブンがあるので気になっていて。それに見慣れないキッチン用品も色々あって使うのが楽しみなんです」

まだこの家で料理をしたことはないが、アイランドタイプのキッチンは昔からの憧れで、密かに楽しみにしていた。

「ハイグレードの設備だと聞いてるが、俺にはさっぱり。里穂が使ってくれるならちょうどよかったよ」

蒼真が入居する時に知り合いのインテリアコーディネーターに頼んで家具やキッチン設備すべてを整えてもらったらしいが、それから一年ほどたった今、キッチンにはまだ開封されていないキッチン用品がズラリと並んでいる。

「そうだ」

蒼真は立ち上がると、キッチンの冷蔵庫から取り出した白い箱を手に戻ってきた。

ケーキボックスだ。

「笹原に里穂の好みを聞いて用意しておいたんだ」

「雫に？」

里穂は蒼真がテーブルに置いたケーキボックスに視線を向けた。

「もしかして、シュークリームですか？」

箱の側面に描かれた見覚えのあるロゴが目に入り、思わず声をあげた。

「絶対にそうですよね。私ここのシュークリームが大好きなんです」

里穂は素早く膝立ちし身を乗り出した。

「正解。引っ越しで疲れるだろうと思って、用意しておいたんだ」

蒼真が開いた箱の中を覗いてみると、里穂の好物のシュークリームが並んでいた。

「ありがとうございます。これ、大好きなんです」

店と同じ並びにある洋菓子店で販売しているこのシュークリームは家族全員大好きで、誕生日はもちろんなにかお祝いごとがあれば必ずこれを食べている。

「わざわざ買いに行ってくれたんですか？」

ここから店まで車で三十分以上はかかるはずだ。

「笹原が昨日のうちに予約しておいてくれて、それを今朝受け取ってきた」

「そうだったんですか。ありがとうございます」

蒼真はシュークリームを取り出して里穂に手渡した。

里穂の手の平よりも大きなそれは、カスタードがたっぷりでずっしりと重い。

「里穂のプリンも絶品だけど、これもうまそうだな。それにしても大きすぎないか？」

蒼真もシュークリームを手に取りまじまじと眺めている。

「ですよね。でもペロリと食べちゃうんです。誕生日とか記念日には必ず家族でこれを食べるんです。笹原家の特別なスイーツってところです。雫は去年の誕生日に五つも食べて母に呆れられてました。でも、その気持ちもよくわかるんです。本当においしいんですよ」

わざわざ時間を割いてこれを用意してくれた蒼真の気遣いがうれしくて、つい饒舌になる。ほんの少し前、沈黙を気にして意味なく話していたのが嘘のようだ。

「だったら、記念日の今日にぴったりだな」

「記念日？」

里穂は軽く首をかしげた。

「そうだろ？」

蒼真はシュークリームを手に、里穂の隣に腰を下ろした。

「婚姻届を提出した今日は、結婚記念日じゃないのか？」

「たしかに。そうですね」

里穂はそうだったと気づいた。

今日は窓口が開く月に一度の日曜日だったので、片付けの合間に役所に足を運んだのだ。

雫を納得させるために結婚式よりも早く提出したようなもの。

あっけないほど簡単に受理されたのも相まって、結婚したという実感や感慨などなにもなく、片付けの慌ただしさに紛れてすっかり忘れていた。

「結婚記念日。そういえばそうですね」

事情を抱えた契約結婚のようなものだが、記念日には違いない。

「今日は俺たち桐生家の最初の記念日だな」

シュークリームを手に、蒼真は優しく微笑んだ。

「笹原家同様、これから記念日にはふたりでこれを食べることにしないか？」

「ふたりで?」

里穂の言葉に蒼真が大きくうなずいた。

「俺たち、家族だろ?」

「そうですね」

婚姻届の提出を終え、名字が笹原から桐生に変わった今、たしかに蒼真と家族になった。

「ということで、改めてこれからよろしく。奥さん」

「私の方こそ、あの、よろしくお願いします」

不意に奥さんと呼ばれてドキリとする。

プロポーズを受けて以来〝里穂〟と呼ばれるようになったが、初めて呼び捨てられた時以上のインパクトにドキドキしてしまう。

「い、いただきます」

里穂は照れくささをごまかすように、勢いよくシュークリームを頬ばった。

「ん……っ」

なじみのある甘さが口の中に広がり、ほんの少し気持ちが落ち着いた。

けれど、それは一瞬のこと。

「慌てすぎだ」

笑いが混じる声と一緒に伸びてきた蒼真の指先が、里穂の口もとをすっとなでた。

「よっぽど好きなんだな。実は俺もカスタードには目がない」

蒼真はそう言って、指先に残る里穂の口もとについていたクリームを口に含んだ。

「あ……」

突然のことに、里穂は言葉を失った。指先をなめる蒼真がやけに色っぽくて、心臓がバクバクと音を立て始めたのがわかる。

見ているのが照れくさくてそわそわするものの、目が離せない。

「うまい」

蒼真は感激したようにつぶやくと、手にしていたシュークリームを頬張った。

里穂同様、ほんの少し口もとにクリームがついていて思わず指先で取りたくなったが、さすがにそこまでの勇気はない。

「あの」

手もとにあったティッシュを一枚差し出すだけで精一杯だ。

蒼真はふっと小さく笑い「俺の奥さんは、恥ずかしがり屋だな」と言いながら里穂に顔を近づけた。

「え」

戸惑う里穂を、蒼真はなにか言いたげな笑みを浮かべじっと見つめる。

「あの……わかりました」

里穂は蒼真の瞳の意味を察し、蒼真の口もとをおずおずとティッシュで拭いた。

薄く形のいい唇を目の前にして、心臓はバクバクどころか暴れ回っている。

「ありがとう」

顔をほころばせた蒼真の満ち足りた声が、部屋に響いた。

その瞬間、里穂は蒼真との間にあった距離がぐっと縮まったような気がした。

相変わらず心臓はうるさくてドキドキと照れくさいが、結婚したのだとようやく実感して心の中は不思議と満ち足りている。

『俺たち、家族だろ？』

蒼真の言葉を思い出しながら、里穂は手にしたままのシュークリームを頬張った。

「今日くらい外に食べに行ってもよかったのに。疲れてるだろ？」

蒼真の言葉に、里穂は笑顔で首を横に振った。

引っ越し当日の夜くらいのんびり外食でもしようと、蒼真は気遣ってくれたが、結局キッチンに立ち夕食の用意をした。

「食材がたくさんあるのにもったいないです。いつもの店の料理みたいで申し訳ないんですけど」

「問題ない。それどころか里穂の料理を独り占めできてうれしいよ」

だし巻きを口に運びながら、蒼真は断固とした口調で答える。

「店の料理というより、家の料理を店で味わえるという方がしっくりくるな。少なくとも俺は星がついた店の料理よりも里穂の料理の方がうまいと思う」

「相変わらず大袈裟です。でも、ありがとうございます」

肩をすくめ、里穂はクスクス笑う。

お世辞だとわかっていても、何度も言われるとその気になりそうで困る。

「カレイのフライも是非食べて下さい。大きくて身がふわふわで、とてもいいカレイだったんです。なかなかここまでのカレイは手に入らないので張り切りました」

恭太郎からの結婚祝いだというたくさんの食材が冷蔵庫の中に入っていて、見つけた時はかなり驚いた。

恭太郎は里穂が店に立つ時以外も気分転換を兼ねて料理をすると知っているので、全国各地からたくさんの食材を取り寄せてくれたそうだ。

冷蔵庫にぎっしり詰め込まれた食材の中には普段里穂が扱うことのないブランド牛や高価な車エビもあり、これから数日、キッチンに立つのが楽しくなりそうだ。

「恭太郎君にあとでお礼のメッセージを入れておきますね」

恭太郎は今日は雫たちの引っ越しを手伝っていたはずだ。

今頃、雫と佳也子と三人でのんびりとお酒でも飲んでいるかもしれない。

それとも三人でシュークリームを食べているのだろうか。

調子に乗ってたくさんのシュークリームを頬張る雫を、愛おしげに眺めている佳也子と恭太郎。三人の姿を想像した途端、胸の奥がきゅっと痛んだ。

メディカルメイクの存続、そして雫と恭太郎の結婚。

そのために決めた蒼真との結婚に後悔はないが、やはり寂しい。

引っ越しと婚姻届の提出が終わって気が緩んだのか、忙しさに紛れて気づかなかった思いが、一気に押し寄せてきたようだ。

「里穂の料理を独り占めしてるって知ったら、常連さんたち羨ましがるだろうな」

「え」

我に返り、里穂は顔を上げた。

蒼真はいつの間にかだし巻きを完食していて、満足そうな笑みを浮かべている。

「料理だけじゃないな。常連さんたちみんなで大切に見守ってきた里穂を俺が独り占めしてるんだ。羨ましいどころの話じゃないか」

　蒼真は笑い、手もとのお茶を飲み干した。

「里穂」

　グラスを置いた蒼真は、それまでの柔らかな表情をすっと引きしめると椅子の上で背筋を伸ばした。

「蒼真さん？」

　つられて里穂も姿勢を正す。

「里穂、俺と結婚してくれてありがとう」

「あの」

　突然真面目な表情で告げられて、里穂はきょとんとする。

「俺の、というよりも杏華堂のために里穂の人生を変えてしまった自覚はある」

「それは、違います。私の方こそメディカルメイクがなくなると困るし、それに雫の結婚のこともあって、だからお礼を言うのは私の方です」

　おまけに店の改装のことでも蒼真には負担をかけている。資金面でもそうだが、法律的な手続きについても施工を依頼した建設業者との間に入ってなにもかもを引き受けてくれているのだ。

蒼真の伯父の会社だからだとしても、ただでさえ忙しい蒼真にかかる負担はかなりのもの。感謝しかない。

「それは、俺の方にもメリットがある。いや、俺の方こそ、だ。会社と親友。それを守るためだけに里穂との結婚を望んだんだ。だからこそ俺は里穂をこれからなにより大切——」

「だとしても。私にとって蒼真さんは恩人です。家族を助けてもらった大切な恩人なんです」

「恩人……？」

「そうです。蒼真さん、私と結婚してくれてありがとうございます。この恩は一生忘れません」

心からの言葉が口を突いて出る。里穂はテーブルに額が触れるほど深く頭を下げた。

「私は蒼真さんのお仕事について理解しているわけじゃないし、桐生家にふさわしいとも思えません。だから、結婚している間はせめて蒼真さんの足を引っ張らないように、努力します。それに、料理だけは任せて下さい。お店でも家でも、蒼真さんのために腕を振るいます」

これはいわゆる便宜《べんぎ》的な結婚。蒼真が社長に就任するまでだと決まっているが、それでも蒼真のために、力を尽くしたい。

そう、今は家族を思い出して感傷的になっている場合ではないのだ。なにをおいても蒼真のために頑張らなければ。

「早速、明日の朝は趣向を変えてフレンチトーストを用意するつもりです。楽しみにしていて下さい」

言葉にもつい気合いが入る。

「それは……楽しみだな」

蒼真は何故か軽く肩を落とし、気が抜けたようにつぶやいている。

「恩人、だとしても。俺の方こそ結婚してくれてありがとう。里穂のことは精一杯大切にするつもりだ」

テーブルの向こう側からきっぱりとした声が届く。

「あ……ありがとうございます」

語気の強さは想いの強さ。蒼真の決意が垣間見えたようで、胸がいっぱいになる。

「お母さんや笹原と離れて寂しいとは思うが、これからは俺が家族として里穂のそばにいる。それでも寂しい時には、そうだな」

蒼真はふと思いを巡らせ、そして柔らかな表情を浮かべた。

「ふたりで一緒にシュークリームを食べようか」

＊　＊　＊

【俺たちのおすすめシュークリーム、絶品だっただろ?】

恭太郎からスマホに届いたメッセージを眺めつつ、蒼真は「そうだな」と声にする。

数日前、たまたま会社のエレベーターで顔を合わせた恭太郎と笹原に結婚記念日となる里穂の引っ越しの日に、なにか記念の品を用意したいと相談すると――。

『『シュークリーム一択っ』』

恭太郎と雫から揃って勧められたのは、ささはら近くにある老舗洋菓子店の看板商品だというシュークリームだった。

家族の記念日やお祝い事がある時には必ず食べている、笹原家にとっての特別なスイーツ。聞けば誕生日にもケーキではなくシュークリームを用意しているらしい。

ここ最近はそこに恭太郎が加わることが増えたので、笹原家のシュークリームの消費量は爆上がりだと、恭太郎は的はずれな自慢をしていた。

恭太郎の中では自分はすでに笹原家の一員。節目のイベントに参加できるのがうれしいに違いない。

ふたりからの提案は大当たりで、里穂はシュークリームが入っている箱を見ただけで大喜びしていた。

予想よりも大きくカスタードたっぷりのシュークリームは、恭太郎が熱心に勧めてきたのも納得のおいしさだった。

ただ、里穂は蒼真がわざわざシュークリームを用意した理由にピンとこないどころか今日役所に婚姻届の提出を済ませたことすらすっかり忘れていた。

結婚式を待たず同居を始めたのも婚姻届の提出を急いだのも、この結婚をどこか疑っている妹を納得させるため。

里穂にとって婚姻届の提出は、粛々《しゅくしゅく》と進めている結婚準備の単なる通過点。記念日という意識などなかったのだ。

そう理解したと同時に。

『今日は俺たち桐生家の最初の記念日だな』

まるで里穂に言い聞かせるような言葉が口を突いて出た。

『笹原家同様、これから記念日にはふたりでこれを食べることにしないか？』

『俺たち、家族だろ？』

続けて蒼真が口にした言葉に最初は戸惑っていた里穂も次第に表情をほころばせ、安心したような表情を浮かべていた。

「俺たち家族だろ、か……よく言うよ」

蒼真の乾いた声がリビングに響く。

メッセージとともに恭太郎から送られてきた写真には、仮住まいのマンションで笑顔を見せる雫と佳也子。そして恭太郎。

里穂がなにより大切にしている本当の家族が映っている。

引っ越し祝いをしていたのか、テーブルの上にワインボトルが見切れている。

普段はそれほどアルコールを口にしない恭太郎も、今日は飲んでいるようだ。

両親と兄姉から愛され大切に育てられてきた恭太郎は、彼自身もかなり愛情深い。

恋人の家族は自分の家族。大切にするのが当然。

単純明快なその思いを隠そうとしない恭太郎の素直さを、羨ましく思う時は多い。

写真の中の、顔をくしゃくしゃにした恭太郎の笑顔と、恭太郎の背後からしがみついている雫の手には食べかけのシュークリーム。

ふたりにとっても、今日は新しい暮らしが始まる記念日に違いない。

蒼真が用意したシュークリームなら、残り四つが冷蔵庫の中に入っている。

あとでもうひとつ食べると声を弾ませていた里穂は今、入浴中だ。

里穂は夕食の後片付けを終えて、この家で初めての入浴にかなり緊張しそわそわしていたが、機能の説明を聞いているうちに、みるみるその表情が変化した。

初めてだというジェットバスに感激し、家庭用サウナの存在に声を失うほど驚いていたが、里穂がなにより感動していたのは、湯船に浸かりながら星空を楽しめることだった。

『天然のプラネタリウムですね』

うわずった声ではしゃぐ里穂の姿は普段の彼女とはまるで別人のようで、目が離せなかった。

そして今日初めて彼女が見せた心からの笑顔に、ホッとした。

里穂を家族から引き離した罪悪感が、ほんの少し小さくなったような気もした。

蒼真は窓際に立ち、地上に見える光の粒に目を凝らしながら、ため息を吐いた。

彼女の家族への愛情を利用したこの結婚に、里穂自身にはなんのメリットもない。

それどころかこれほど早いタイミングで家族から引き離されてしまった。

この結婚に納得できずにいる妹の疑念を払拭《ふっしょく》するためとはいえ、それを強行したことへの罪悪感は拭えない。

里穂の行動の理由は、すべて家族のため。

そんな彼女の優しさと強さを知って、これまで結婚するつもりなどなかった気持ちに変化が生まれた。

里穂のように人を思いやれる強さを持った女性となら結婚してもいいと思うようになったのだ。

蒼真が里穂に結婚を提案した理由は、常務の現実味のない企ての芽を早々に摘み、メディカルメイクの存続を確固たるものにすること。

そして恭太郎が里穂に気兼ねすることなく結婚できるようにすることだ。

そんな理由を持ち出されれば、家族思いの里穂が断るわけがない。

それを見越してのプロポーズだった。

「勝手だよな」

蒼真は自嘲気味につぶやいた。里穂の幸せを二の次にして自身の思惑を押し通した。

結局彼女の優しさと強さに甘えて、結婚したということだ。

その時、スマホがメッセージの着信を告げた。確認すると伯父の会社の営業からだ。

ささはらの家屋全体の調査が終了し、来週里穂たちと具体的な話し合いを始めると書かれている。

蒼真は当日は自分も参加すると返信した。

本来なら妻の実家のことにそこまでかかわる必要はなく、費用を全額負担するなどおかしな話だ。

それはわかっているが、たとえ一時的なことだとしても自身の人生を蒼真に預けた里穂の覚悟を考えれば、これくらい大した話じゃない。

改装費用程度で里穂の悩みが少しでも軽くなるのなら、それでいい。

里穂がこの便宜的な結婚を受け入れてくれた礼として、店舗だけでなく住居部分の改装もすべて引き受けるつもりでいる。

「あの、お風呂、ありがとうございました」

遠慮がちな声に振り向くと、入浴を終えた里穂がリビングに顔を覗かせていた。

「残念ながら曇っていて星は見えませんでした。少し粘って眺めていたんですけど、あきらめました」

「残念だったな」

どうりで顔が赤いはずだ。長湯で首まで赤い。

蒼真は冷蔵庫から炭酸水を取り出しグラスに注ぐと、里穂をソファに促し手渡した。

「ありがとうございます」

よほど身体が火照っているのか、里穂はそれをひと息に飲み干した。

雫と恭太郎から結婚祝いだとプレゼントされた、レモンイエローのルームウェアがよく似合っている。

エプロン姿で忙しく動き回る彼女の姿を見慣れているせいか、リラックスした装いの彼女がひどく新鮮で、濡れ髪を気にする仕草は妙に艶っぽくて美しい。

七分丈の袖口から覗く腕の色もほんのり赤く、よっぽど星を見ようと粘っていたようだ。

それともこうして蒼真とふたりきりになるのが照れくさくて湯船に浸かりすぎてしまったのか。

前者か、後者か。

「星ならこれから毎晩見られるさ。焦らなくていい」

蒼真は軽い口調でそう言って里穂の隣に腰を下ろした。

「そ、そうですね」

途端にいっそう顔を赤くし目を泳がせた里穂を眺めながら、蒼真は心の中で後者だったなと苦笑する。

空になったグラスを握りしめる里穂がいじらしく、漂う色香にぐっと来る。

「ゆっくり、気楽にやっていこう」

里穂に向かってそう口にしながらも、実はそれは、蒼真自身に向けた言葉だ。

「ですね。そのうち見られますよね」

「もちろん」

期待が滲んだ眼差しを向けられて、蒼真は彼女がここで幸せな毎日を送れるように心を配っていこうと、改めて決意した。

第四章　想定外の優しい新婚生活

蒼真との同居が始まって二週間。当初の緊張が嘘のようにふたりの生活は順調だ。

恋愛経験ゼロの里穂にとって男性との同居は未知の世界。うまくやれるのか不安ばかりだったが、蒼真との生活は思いの外楽しくて、毎日があっという間に過ぎていく。

蒼真は初めて顔を合わせた時の印象と変わらず優しく、ふたりでいても話題に困ることもない。

最近では多少の沈黙も気にならないほどの気安い関係を築きつつあると感じている。

不満はないが、ただひとつ驚いたことがあるとすれば。

経済的に余裕があるからか、それとものに執着がないからか、インテリアコーディネーターが色やブランドを統一して揃えた家中の家具や生活用品を、里穂の好みに合わせてすべて入れ替えてもいいと真顔で言われたことだ。驚いただけでなく、生まれ育った環境の違いを改めて痛感した。

もちろんその申し出は丁重に断り、今も家の中は蒼真が越してきた当初から存在感を示している高級家具をはじめ、使い勝手のいい電化製品や生活用品でいっぱいだ。

里穂がここで暮らし始めた当初はソファに座る時にもシミひとつ残してはいけないと緊張していたが、最近では深夜にテレビを見ながらついうとうとしてしまうくらいには慣れてきた。

それは里穂が一日でも早く新しい生活に慣れるようにと配慮してくれる蒼真のおかげだ。

食事の支度はもちろん、家事いっさいを自分に任せてほしいという里穂の希望を受け入れてくれたのも大きい。

まずはそれまで依頼していたハウスクリーニングを断り、里穂に任せてくれた。

おかげで掃除機を手に各部屋を移動しているうちに家の中を緊張なく動き回れるようになり、どこになにがあるのかもほぼ理解できた。

掃除の合間、蒼真の部屋の書棚にズラリと並んでいる経済書や化学雑誌などの難しそうな書籍の中に、里穂も好きな写真家の写真集があることに気づいた時、蒼真との距離がさらに近づいたと感じ、ワクワクした。

蒼真の気遣いは、他にもある。

里穂のために用意してくれていた部屋に、ピアノを設置してくれていたのだ。

メディカルメイクの講習会で演奏している里穂を見て、その場でピアノを用意しようと決めたそうだ。

アップライトとはいえかなり高価なプレゼントだ。簡単に受け取れるものでもない。もちろんうれしいが恐縮してしまい、どう礼を伝えればいいのか戸惑ってしまった。

『休みの日に俺のために弾いてくれると、うれしい』

その言葉に応えようと、時間を見つけては蒼真からのリクエスト曲を練習している。

そして、蒼真の気遣いは家の中のことに留まらない、

「今日はわざわざありがとうございます。夕食も店の料理になって、すみません」

里穂は信号で車が止まったタイミングで、助手席から蒼真に声をかけた。

蒼真は仕事が早く終わった日に、里穂を店まで迎えに来てくれることがあるのだ。

ふたりでタクシーで帰ることが多いが、金曜日の今日はいったん自宅に戻り車で店まで迎えに来てくれた。

時刻は二十三時。深夜の大通りは空いていて、マンションまで二十分くらいで着きそうだ。

「店の料理もなにも、里穂が作ってくれた料理だろ？　今日もどれもうまかったし十分満足だけど？」

運転席から蒼真がチラリと顔を向ける。

「豚の角煮はとろとろで絶品だったな。常連さんたちと取り合いになったし」

「人気なんです。いつも多めに用意するんですけど、あっという間になくなっちゃって。今度は家でも作っておきます」

蒼真がわずかに眉を寄せた。

「独り占めできるのはいいが、無理はしてほしくない。店に通って疲れてるだろ。家事もやってくれてるし」

「無理はしてません」

里穂は身を乗り出し答える。

「私よりも蒼真さんです。迎えに来てもらえるのはうれしいんですけど、大変ですよね。店じまいの時間を早めたし電車もあるので大丈夫です」

現在改装の最終的な打ち合せ中で、実際に改装が始まるまでは店を開けることになり、里穂はほぼ毎日店に通っているのだ。

「電車があっても遅いし心配なんだ。ひとりでタクシーに乗せるのも。なんなら遅くなる時とか疲れてる時はお義母さんのマンションに泊まっていいから」

蒼真は不安げにそう言うと「あの辺りでもう一軒家を探した方がいいか」と続けた。

「もう一軒？」

「ああ。この先も里穂が店に通うことを考えたら、その方が現実的だろ。改装で店を閉めている間にいくつかあたってみようか」

「でも、あの」

もう一軒と言われても、里穂にしてみればそっちの方が現実的ではない。費用の問題もあるが、なにより気になるのはこの先のふたりの関係だ。

蒼真との結婚は便宜的なもので、永遠を誓ったわけではない。

蒼真が社長になりメディカルメイクの継続が確定して、雫と恭太郎が結婚すれば、この関係を続ける理由はなくなる。

不確定な未来のために家をもう一軒用意するのは、非現実的でしかない。

「そういえば、明日は店は休みだったよな」

「え？　明日……は、はい。町内会のバス旅行で、ご近所のお店もみんなお休みです」

信号が青に変わったと同時に話題も変わり、里穂は口ごもりつつ答えた。

明日は町内会主催の日帰りバス旅行が予定されていて、佳也子も数年ぶりに参加することになっている。

「母が心配だからって雫と恭太郎君も参加するんですけど、あのふたりの方が盛り上がっていて。恭太郎君は旅のしおりを作って参加者全員に配っていました」

町内会の打ち合せにまで参加して張り切っていた恭太郎を思い出して、里穂は笑い声をあげた。

「町内会の会長に立候補するって冗談も言っていて、本当に楽しそうなんです」

「あいつが言うと、冗談には聞こえないんだよな」

車を走らせながら、蒼真も肩を揺らし笑っている。

里穂が実家を離れて以来、以前にも増して雫と恭太郎が店を手伝ってくれている。

里穂の帰宅時間を考慮して閉店時間を二時間ほど早めたのだが、少しでも早く里穂を帰宅させようと、協力してくれているのだ。

もちろんふたりとも本業の杏華堂での仕事を優先していて、とくに恭太郎は営業担当で忙しいらしく雫に比べてその頻度は低いが、思い出のある店が形を変えるのが寂しくて、改装が始まるまでの時間を惜しんで顔を出しているようだ。

「恭太郎君、明日の朝が早いので今夜は雫たちのマンションに泊まるそうです。よっぽど楽しみにしているみたいですね。でも、ありがたいです」

本当なら自分が参加して佳也子のそばについているべきなのだが、恭太郎と雫がそれが当然だとばかりにふたりで参加を申し込んでいた。

『新婚さんはふたりで温泉にでも行ってきたら？　蒼真なら色々知ってるし』

里穂も参加すると言うと、恭太郎は即座にそう言ってニヤリと笑っていた。

蒼真から結婚の理由を聞いていないので、ことあるごとに里穂をからかうのだ。

「俺たちも明日は出かけよう」

「温泉ですか？」

とっさに恭太郎の言葉が頭に浮かび、思わず声が出た。

「温泉？　それも悪くないな。だけど、明日は行きたいところがあるんだ。なにか予定でもある？」

「いえ、とくになにも」

里穂は首をかしげつつ答えた。

予定はないが、蒼真のために腕を振るっておいしい料理を作ろうとは考えていた。

「だったら俺に時間をくれないか？」

「それは、大丈夫ですけど」

結婚して依頼、休日にふたりで出かけるのは初めてだ。

「あの、出かけるって、どこに？」

そわそわする気持ちを抑えつつ問いかけると、蒼真は前方に視線を向けたまま言葉を続ける。

「内緒。明日のお楽しみ」

その後車が自宅に着くまで、里穂は車窓を流れる景色を眺めながら、口もとが緩むのを我慢できなかった。

翌日、蒼真が里穂を連れてきたのは、車を一時間ほど走らせた郊外にある、ショールームだった。

ガラス張りの広い館内には数多くの陶磁器製の食器が展示されていて、中に足を踏み入れた途端、里穂はその美しさに目を輝かせた。

「ここって、最近オープンした？」

里穂はきょろきょろと店内を見回しながら問いかけた。

「先月だったよな」

里穂はやっぱりと、うなずいた。

ここは九州《きゅうしゅう》で製作活動を続けている人気の陶芸家がオープンさせたショールームだ。

白地に藍色で描かれた模様が特徴で、清潔感がありスッキリとした見た目は以前から里穂も気になっていて、新しくなった店でも使いたいと考えていた。

「ここがオープンした時テレビで中継されているのを見て、興味があると言っていただろう?」

「そうなんです。どの作品も素敵で夢中で見てました」

ただ、あまりの盛況ぶりで商品の紹介よりも人手の多さに話題が集中していたのが残念だった。

「あの、それを覚えていて、だからわざわざここに?」

里穂はハッとし、蒼真を見つめた。

「俺も一度来たかったから、ちょうどよかった。色々あるから見てみよう」

蒼真はなんてことないように答え、店内を進む。

「は、はい。あの、すごくうれしいです」

蒼真の何気ない優しさが胸にじわりと広がるのを感じながら、里穂はあとに続いた。

かなりの賑わいだと聞いていたが、一階のショールームは大勢の人で混み合っていて、商品を眺めるのも難しい。

この様子だと、商品を販売している二階もかなり混んでいそうだ。

「すごい人気だな」

蒼真の感心する声が聞こえたと同時に肩に手が回され、抱き寄せられた。

見上げると、とくに表情を変えるでもなく蒼真が店内を見回している。

桜を眺めていた時もそうだったが、蒼真にとって手をつないだり肩を抱き寄せたりするのは意識するほどのことではないらしい。

今も混み合う店内を覚束ない足取りで歩く里穂を見かねただけのこと。神経質に反応している自分が情けない。

「先に二階に行こうか」

「はい。でも、たしか二階は予約が必要だったはずです」

人気がありすぎて予約が取れないと、SNSでよく話題になっている。

「ああ、それなら大丈夫だ」

蒼真はあっさり答え、二階に続く階段に足を向けた。

「桐生さん、ご無沙汰してます。連絡いただいて楽しみにしていたんですよ」

商品を販売している二階に上がった途端、三十代半ばくらいだろうか白いシャツにブラックジーンズの男性が蒼真に気がつき近づいてきた。

長身で引きしまった身体は日焼けしていて、垂れ気味の目を優しく細めている。

「こちらこそ、ご無沙汰しています。突然無理を言ってすみません」

蒼真は男性に恐縮しながら頭を下げている。

「とんでもない。本当なら僕の方が桐生さんにご挨拶に伺うべきなのに。なかなか時間が取れなくて。ところで」

男性が里穂を見やる。好奇心が混じる笑顔を向けられ、里穂は蒼真を見上げた。

「妻の里穂です。今日こちらに伺ったのは、彼女に千堂《せんどう》さんの作品を見せたかったからなんです」

蒼真はそう言うと、里穂に優しく微笑んだ。

「こちらは陶芸家の千堂さん。ここの食器は、彼の作品なんだ」

里穂は慌てて姿勢を正した。

テレビで見てからはそれまで以上に気になって、SNSにアップされる写真で作品を眺めることは何度もあったが、作家本人を確認したことはなかった。

「初めまして。妻の里穂です。夫がお世話になっております」

ふたりの関係はまだ聞いていないが、妻と紹介された反動で、ついそれらしい言葉を添えてしまった。

頭を下げながら、里穂は恥ずかしさで顔がかあっと熱くなるのを感じた。

「あの、本当にいいんでしょうか」

里穂は手にしていたナイフとフォークを置き、蒼真に尋ねた。

蒼真への申し訳なさと弾む気持ちが交互に押し寄せてきて、うまく心をコントロールできない。

「いいよ。何度聞かれても答えは同じ。問題ない」

蒼真はのどの奥で笑いながら、答えた。

「そうですか……ありがとうございます。でも――」

「でも、はいいから。俺からの改装祝い。だから遠慮せずに受け取ってほしい」

「はい」

語気を強めた蒼真に、里穂は焦る。

何度も同じやり取りが続いて、いよいよ呆れられたのかもしれない。

これ以上蒼真を煩わせるわけにもいかず、里穂は深く頭を下げた。

「なにからなにまで蒼真さんにはお世話になりっぱなしで申し訳ないです。まさかあんな素敵な食器まで用意してもらえるなんて、本当にありがとうございます」

結婚し同居を始めてからというもの、何度も蒼真の優しさや気遣いに触れ感謝してきたが、今日ほどそれを実感したことはない。

千堂の食器を、蒼真は店の改装祝いだと言って注文してくれたのだ。
皿や椀、湯飲みや鉢など、ありとあらゆる食器を大量に。その数二百点以上。

ショールームを後にしてから二時間あまり。里穂は今もまだ信じられずにいる。

自宅に戻る途中で立ち寄った海岸沿いのレストランで遅めのランチを楽しんでいる

が、動揺が続いていて楽しむどころかハンバーグの味すらよくわからない。

「驚かせすぎたな、悪い」

すでに食事を終えた蒼真が、言葉とは逆に、楽しげにそう言った。

「実は改装が決まった時から考えていたんだ。彼の食器はもともと俺も気に入ってい
て、里穂の料理に合うと思っていたし。里穂も好みの食器だとテレビを見ながら言っ
ていただろ？　びっくりするとは思っていたが、予想以上だったな」

蒼真はいたずらがばれた子どものように顔をくしゃりと崩し、軽く肩をすくめた。

「もちろん、お父さんから引き継いだ食器を使うなと言ってるわけじゃない。ただ、
店も新しくなるし食器も新しいものを加えて里穂好みの店を作っていけばいいと思っ
たんだ。食器はそのアイテムのひとつだ」

「私好みの店」

そう言われても、いまひとつぴんとこない。

「店の再オープンに間に合うように焼いてくれるそうだから、里穂は楽しみにしていればいいよ」

「本当に、ありがとうございます」

どこまでも優しい蒼真には感謝ばかりだ。

今日の食器も、本当なら一年以上待たなければ手に入らない人気商品ばかり。千堂に無理を言って年内での納品で引き受けてもらった。

『俺の作品が世間に知ってもらえたのは桐生さんのおかげなんです。だから声をかけてもらえてうれしいんです。それも奥さんのお店で使ってもらえるなんて光栄です』

そう言って胸を張る千堂の表情だけで、蒼真への思いが理解できた。

聞けば杏華堂の広告ポスターに千堂の食器が使われたことがきっかけで、彼の作品が世に知られるようになったそうだ。

「千堂さん、蒼真さんにすごく感謝していましたね」

「いや、俺の方が千堂さんに感謝してるんだ」

それまでの軽やかな表情を整えて、蒼真は首を横に振る。

「前に俺が販売を手掛けた商品。美容液だけど、発売当初は全然売れなかったんだ」

コーヒーを口に運びながら、蒼真が話し始めた。

「品質に自信はあったが購買層が限定される高価格帯の商品というのがその一番の理由だ。俺のマーケティング不足。入社して五年、仕事に慣れてヒット商品も出していたから自分の力を過信して、いや調子に乗っていたんだ」

蒼真は自嘲気味にそう言って、小さく息を吐いた。

普段聞くことのない抑制のきいた声から、当時の蒼真が味わったはずの苦しみが伝わってくる。

「ただ美容液の品質自体には自信があるから、販売戦略の見直しのみに集中することにした」

蒼真はそれまでの固い表情を緩め、言葉を続けた。

「販売チャンネルの変更と、広告展開の見直し。これを柱にして打開策を練っていた時に、たまたま千堂さんの個展を覗いたんだ。正直、圧倒された」

「あ……わかります」

今日、実際に手に取って見ても感じたが、千堂の作品は息を詰めて製作しているのではないかと思うほど細部にまでこだわりがある。

次はどんな作品が生まれるのかと圧倒され、それ以外考えられなくなるほどだ。

蒼真はふっと笑い、椅子の背に身体を預けた。

「すぐに福岡《ふくおか》に飛んで、千堂さんに広告で商品を使わせてほしいとお願いしたんだ。俺たちの、商品の品質に対する絶対的な自信と、千堂さんが作品に込める圧倒的な思いが重なる気がして頼み込んだ。で、口説き落としてでき上がったのがこれだ」

蒼真は手もとのスマホを操作し、里穂に画面を見せた。

「これ、見たことがあるかもしれません。化粧品を乗せているこのトレイがかわいって店に来たお客さんが言っていたような……。五年くらい前だったと思います」

スマホに表示されている写真には、白い花形のトレイの上に置かれた紺色の丸いフォルムのボトルが映っている。

「そうです、この白いトレイです。化粧品の丸みとぴったりで、私もかわいいって思いました」

当時の里穂は店を続けるだけで精一杯でおしゃれや化粧は二の次。それにこの美容液はたしか三万円で、里穂が手を出せる値段ではなかった。

白いトレイも手に入れたいと思わなくもなかったが、店のことに追われてそれどころではなく、すぐに頭の中から消えていた。

「でも、やっぱりかわいいですね。この美容液を乗せたらぴったりです」

「それ。売上げが伸びた理由はそれなんだ。この花形のトレイの上に美容液を乗せて部屋に置くのが流行って、トレイと美容液、両方の売上げが一気に伸びた」

「そんなことが、あるんですね」

意外すぎる展開に、里穂はスマホの写真をまじまじと見つめた。

「それがきっかけでうちの商品が消費者の手に渡るようになった。それからは、実際に使ってみると値段は高いがそれ以上の効果があると口コミが広がって、結局その年のうちの一番のヒット商品に成長した。今もそのシリーズが、うちの化粧品事業の売上げの柱だ」

ほんの少し和らいだ表情で、蒼真はスマホの写真を眺めている。

「俺はあの時、千堂さんのこの作品に助けられた。俺だけじゃないな、この商品を何年もかけて作り上げてきた開発メンバーとか製造部とか。大勢の社員の努力が報われた。だから、千堂さんにはどれだけでも感謝したい」

写真を見つめる蒼真の厳粛な表情に、里穂は小さく息をのむ。

「自分の力を過信せずに、謙虚に仕事に向き合え。この写真を見るたびにそう言われている気がする。俺にとっての戒《いまし》めのようなものかな」

蒼真はしんみりとした空気を変えるように明るくつぶやきスマホを手もとに戻した。

「戒め」

その言葉を蒼真は何度心の中で繰り返していたのだろう。

結果的に商品はヒットし、その後も順調に展開しているようだが、蒼真にとってその時の出来事は、彼の仕事への向き合い方に大きな影響を与えたはずだ。

〝自分の力を過信せずに、謙虚に仕事に向き合え〟

蒼真の仕事に対する真摯で誠実な姿勢が垣間見えたような気がした。

「今日千堂さんの作品を注文したのは、里穂が彼の作品のファンだっていうのが一番の理由だが」

続く蒼真の話に、里穂は静かに耳を傾ける。

「彼にあの時の礼をしたかったんだ。俺の一方的な気持ちを里穂に押しつけるようで申し訳ないが、彼の作品を、新しい店で使ってもらえないか？」

「もちろん、喜んで。今からどんなお料理を合わせようか、ワクワクしています」

里穂はきっぱり答えた。断る理由などない。

それどころか蒼真が思い出したくないに違いない過去を打ち明けてくれたことがうれしくて、今すぐにでも食器を受け取りたいくらいだ。

結婚して以来、蒼真の優しさと気遣いのおかげで穏やかに楽しく過ごしてきたが、それでもどうしてもふたりの間から消えずにいた壁に風穴が空いたような気がした。

ふたりの距離がぐっと近づいたと思うのも、錯覚ではないはずだ。

「もうひとつ、里穂に俺の気持ちを押しつけてもいいか？」

蒼真はテーブル越しに身体を寄せて、里穂をまっすぐ見つめた。

「はい？」

蒼真は席を立ちテーブルを回ると、戸惑う里穂の隣の椅子に腰を下ろした。

「蒼真さん？」

里穂はきょとんとする。

「片膝を突いた方が喜んでもらえるとは思うが、それはここでは勘弁してほしい」

「片膝？」

蒼真はクスリと笑うと、ジャケットのポケットからゴールドのロゴがあしらわれた黒いケースを取り出した。

「それって」

里穂は蒼真の顔とケースを交互に見やる。

「サイズは笹原に聞いたから、間違いないと思うが」

蒼真はわずかに不安が滲む声でつぶやくと、里穂の目の前でケースをそっと開いた。

「わ……」

目の前に現れた存在感のある大きなダイヤに、里穂は声を詰まらせた。

両サイドにいくつもの小粒のダイヤを寄り添わせ、四方八方に光を放っている。

「素敵」

里穂は初めて見る美しさにほおっとため息を吐いた。

ここまで近くで宝石を見るのは初めてで、その煌《きら》めきから目が離せない。

「どう？　気に入った？」

「もちろんです。本物のダイヤ、初めて見ました。え？　でも、これは……」

我に返り、里穂は蒼真を見つめた。

まさかとは思うが、これはいわゆる――。

「婚約指輪だ。遅くなって悪い」

「やっぱり。でもどうして」

突然のことに理解が追いつかない。蒼真との新しい暮らしに慣れることだけで精一杯で、指輪のことなど考えたことがなかったのだ。

それにこの結婚はいずれ終わりがくる契約結婚のようなもの。離婚の可能性もほのめかされている。

永遠の愛を誓うわけでもない結婚に、婚約指輪が必要とは思えない。

蒼真の配慮はうれしいが、受け取っていいのかと混乱している。

「あの、婚約指輪は必要ないかと。この結婚は――」

「必要かどうかは関係ない。俺が里穂に贈りたいんだ」

里穂の迷いを察したのか、蒼真が口を開いた。

「俺の妻であるというなによりの証だからもともと贈るつもりでいたし、受け取ってほしい」

「蒼真さん……」

微かに揺れることもない瞳をまっすぐ向けられて、里穂はなにも言えなくなる。

あまりにも真摯な眼差しと言葉に、この結婚の理由を取り違えてしまいそうで怖い。

「本当は結納もするつもりでいたんだけどな……」

蒼真は軽く眉を寄せ、肩をすくめた。

結納に関しては、蒼真の両親が忙しくて時間が取れないので省略したのだ。

というより、もともと窮屈な行事ごとが苦手な杏が面倒だと拒否したらしい。

『里穂さんにも佳也子さんにも毎月会って仲良くしてるのよ。いまさら顔合わせの必要なんてある？』

杏を溺愛《できあい》する蒼真の父が彼女の言葉に逆らうわけがなく、結納は省略された。

「お姉ちゃんは婚約指輪は必要ないと言い出すはずだから、さっさと用意して押しつけた方が手っ取り早い」

不意にそう口にした蒼真を、里穂はハッと見やる。

「まさか雫が？」

蒼真は優しく微笑んだ。

「さすが妹、里穂のことをよく理解してる。今、指輪は必要ないって言おうとしていたよな」

「それは」

反論できず、里穂は口ごもる。

「いや、いい。俺も今まで女性に指輪を贈ることなんてなかったから、どう選ぶか悩んでいたのはたしかだし。ただ、そのことで笹原は」

「余計に私たちの結婚を疑うようになった……ってことですね」

言葉を引き継いだ里穂に、蒼真は苦笑する。

「すみません。雫のせいで気を使わせてしまって」

婚姻届を提出してから多少は和らいでいるが、雫は今もこの結婚を訝しんでいて、里穂のことを絶えず案じている。

「だから、俺がひとりで選んだ指輪だが、受け取ってもらえないか？」

「わかりました」

雫の疑いを逸らすためなら断れない。

それにしても。一瞬でもこの結婚の理由を取り違えそうになった自分が恥ずかしい。

あまりにも厳粛で真摯な眼差しを向けられて錯覚しそうになったが、この結婚は期間限定の契約結婚だ。その前提を忘れないようにしなければ。

「ありがとう」

蒼真は里穂の反応にホッとし表情を和らげた。

そしてケースから指輪を慎重に取り出すと、里穂の左手を取り薬指にそっと通した。

するりと収まった指輪の優しい感触に、里穂の心が大きく揺れた。

ケースの中で眩しいくらいに輝いていた指輪は、窓の向こうに広がる海面に反射した光を浴びて、さらに輝きが増している。

昼間なのに星が輝いているように見えるのが不思議で、まじまじと見つめた。

「よく似合ってる」

耳もとに蒼真の声が響いた。顔を向けると、蒼真が吐息を感じるほど近くに顔を寄せて指輪を眺めている。

「凛としていて美しい里穂のイメージにぴったりだな」

「い、言いすぎです。私は別に」

「悪い、凛としていて美しくて、家族思いで優しい。だったな」

「冗談はやめて下さい」

クスクス笑う蒼真を、里穂は顔を赤らめ横目で睨む。本気で言っているわけじゃないとわかっていても、居心地が悪い。

「結婚指輪はふたりで選ぼう」

「結婚指輪？」

蒼真は力なく笑う。

「店で少し見せてもらったが、どれも同じに見えて選べそうになかったんだ。だからふたりで選ぼう」

「それは……」

婚約指輪に続いて結婚指輪。自分たちに本当に必要なのだろうか。

そんな思いが消えたわけではないが、これ以上雫のことで蒼真を困らせたくない。

「わかりました。ふたりが気に入る指輪を探しましょう」

食器といいこの婚約指輪といい、忙しい合間、里穂のためにわざわざ時間をつくってくれた蒼真の優しさで、胸がいっぱいになる。

里穂は蒼真が選んだ婚約指輪をもう一度目の前に翳《かざ》した。

いつまでこの指輪が左手にあるのかわからないが、せめてその間は蒼真の妻として力を尽くそう。

里穂は改めてその思いを強くした。


翌日の日曜日、朝食を済ませた里穂が自室でピアノを弾いていると、佳也子からメッセージが届いた。

【昨日、はしゃぎすぎて足が疲れちゃったの。残念だけど、今日の講習会はお休みするわ。杏さんにも連絡しておくわね】

毎回メイクを教わるのはもちろん杏や友達に会うのを楽しみにしている佳也子が欠席するのは珍しい。

昨日の町内会の日帰り旅行で無理をしたのかもしれない。

よほど足の具合が悪いのかと気になり雫にメッセージを送って尋ねてみると。

【たしかに足は疲れてるみたい。それより二日酔いで頭が痛いんだって。昨日、戻ってきてから重《しげる》さんのお店で大宴会。ちなみに恭太郎も飲みすぎでぶっ倒れてるよ】

「本当に倒れてる」

続けて送られてきた写真には、ソファに倒れ込んでいる恭太郎が映っている。苦しそうに顔を歪め、すがるようにクッションを抱きしめている。

「二日酔いって、どれだけ飲んだんだろ」

アルコールに弱い恭太郎ならわかるが、いくらでもいける佳也子が二日酔いになることは滅多にない。

「里穂、そろそろ出られるか？」

ノックの音とともに聞こえてきた声に振り向くと、開いていたドアから蒼真が顔を覗かせていた。

落ち着いた色合いのグレーのセットアップに黒のポロシャツという幾分カジュアルな装いがよく似合っている。

「あの、今母から今日は講習会を欠席すると連絡があったんです」

「なにかあったのか？　足の調子でも悪いのか？」

顔色を変えて部屋に入ってきた蒼真に、里穂は苦笑しながらスマホの画面を見せた。

「母も恭太郎君も二日酔いみたいです」

「二日酔い？」

里穂は苦笑し、うなずいた。

「昨日の日帰り旅行のあとの宴会で飲みすぎたって雫が教えてくれました」

「あいつ……よっぽど楽しんだみたいだな」

「母もきっとそうです。久しぶりの旅行で羽目を外したんだと思います。飲みすぎで今日は欠席です」

「お義母さん、意外に飲むからな。店で常連さんたちと飲んでいるのを見て驚いた」

白い歯を見せ、蒼真はスマホを里穂の手に返した。

「だったら今日はお迎えなしで直接カフェに向かえばいいんだな？」

「あの、母がいなくても私、顔を出していいんですか？」

とっさに問いかけた里穂に、蒼真は怪訝そうな表情を浮かべる。

「いいだろ、別に」

「でも、私はいつも母の付き添いで講習会に参加させてもらっていて」

「それだけじゃないと思うけど？　最近は里穂のピアノを目当てに参加してる人もいるって母も喜んでたし、それに」

蒼真は意味ありげに微笑むと、ピアノの譜面台に置いていた楽譜を手に取った。

「これ、花音ちゃんからリクエストされた曲？」

「そうです。今、練習していて」

それは子どもたちに人気のアニメソングを集めた楽譜集で、花音から里穂に弾いてほしいとお願いされた曲も含まれている。

「結構練習していたみたいだな」

「そうなんです。かなりの人気みたいで、間違えると気づかれそうなので。久しぶりに気合いを入れました」

難易度的には難しくない曲だが、音符ひとつ間違えただけで花音にがっかりされそうなので、丁寧に練習していたのだ。

「ピアノだけじゃなくて子どものことも引き受けてくれている。里穂はうちの戦力だ。付き添いなんて遠慮せずに堂々と顔を出せばいい」

蒼真の優しさがじわじわと胸に広がっていく。戦力とは恐れ多いが杏たちメディカルメイクのスタッフの役に立っているなら光栄だ。

蒼真は里穂に楽譜を手渡した。

「アニメソングメドレー？　花音ちゃんに喜んでもらえるといいな」

「頑張ります」

蒼真に背中を押され、里穂は気持ちを新たに楽譜を胸に抱きしめた。

カフェに足を踏み入れてすぐ、里穂に気づいた花音が駆け寄ってきた。

「かのん、ピアノのせんせいにほめられたよ」

ぴょんぴょん跳びはね誇らしげに話している花音はとてもうれしそうだ。

あれからピアノを習い始めたのだろうか。里穂もピアノを習い始めた頃はうれしくて毎日時間があれば練習していた。

「あのね、おじいちゃんがしろいピアノをくれたの」

「白いピアノ？　素敵だね」

里穂はしゃがみ込み花音と目線を合わせた。

「いっぱいれんしゅうしたら、りほちゃんとおそろいのピアノをかってくれるって」

「お揃い？」

花音のくりくりとした目が向いた先を確認すると。

「グランドピアノね」

里穂は苦笑する。

花音の祖父は花音にメロメロで彼女が欲しいと言えばなんでも買ってくれるらしい。

グランドピアノも花音が望めばすぐにでも手配しそうだ。

「じゃあ、ピアノのおけいこ頑張らなきゃね」

ただでさえ大きな目をいっそう大きく開いて、花音は答えた。

前回初めて会った時よりも断然明るく元気になっている。

杏や他の参加者たちと言葉を交わしている母親の表情もガラリと変わっていて、メイクがうまくなったのもあるかもしれないが、固さが取れて柔らかい。そして穏やかな空気に包まれている。

その変化は何年か前の佳也子と同じ。メイクの力を実感したことで気持ちが前向きになり、人とのかかわり方も変わっていったのだ。

今の彼女は目の下にクマも見えず、メイクだけでなく彼女自身の美しさが表情や仕草に現れている。

メディカルメイクの力を改めて実感する。

そして、メディカルメイクの未来を守るために蒼真と結婚してよかったと思う。

「りほちゃん、ピアノひいて？」

ぴょんぴょん跳びはね、花音は弾けた笑顔を見せる。

「かのんも、りほちゃんのピアノひいていい？」

「いいわよ。花音ちゃんの演奏、楽しみだな」

「うんっ」

途端にぱあっと顔をほころばせた花音の頭をなでながら里穂が立ち上がった時。

「里穂」

カフェに着いてから杏や会社の人たちと言葉を交わしていた蒼真に声をかけられた。

「今日、メディカルメイクの取材でうちの広報が来てるんだ」

蒼真の背後から、カメラを手にした男性が顔を出し、にこやかな笑顔で頭を下げる。

「こんにちは。今日はよろしくお願いします」

「よろしく？」

里穂は目を瞬かせ、蒼真を見上げた。

「気にしなくていい。うちのＨＰでメディカルメイクの特集を組むから今日は参加者へのインタビューと講習会の写真を撮ることになってるんだ」

「写真ですか」

「ああ。里穂や花音ちゃんの顔は出さないから大丈夫。もしかしたら遠目に後ろ姿くらいは出るかもしれないが」

ホームページやインタビューと聞いて身構えたが、その程度なら大丈夫だ。

里穂はカメラマンに笑顔を返した。

「りほちゃん、はやくピアノひいて」

待ちくたびれた花音に手を引っ張られ、里穂は蒼真とカメラマンに会釈しカフェの奥のグランドピアノへと足を向けた。

その日の講習会は初めての参加者が多いにもかかわらず終始笑い声が絶えず、和やかな時間があっという間に過ぎていった。

「花音ちゃん、喜んでたな」

表情を緩め振り返った蒼真に、里穂も笑顔を返す。

「元気に踊ってましたね。来週、幼稚園のお遊戯会であの曲で踊るらしいですよ。今年はママも見に来るって張り切ってました」

花音の母は、今まで顔の傷痕を気にして幼稚園の行事に参加できずにいたらしい。

『でも、メイクを教わって少しずつ外に出かけられるようになったんです。花音のピアノのお稽古に連れていって、幼稚園にも少しずつ顔を出してます』

講習会のあと、帰り際にそう言って笑う花音の母親の表情は輝いていて、手をつないでいた花音も幸せそうだった。

傍らにいた蒼真を思わず見上げると、蒼真の目が潤んでいるように見えた。

蒼真も里穂と同じ。メディカルメイクをきっかけにして、花音たち親子の日常に彩りが生まれていることに感動しているのだ。

ふと振り向いた蒼真と目が合った時、その予想が間違っていないことを確信した。

それからしばらくの間、里穂も蒼真も絡み合った視線を解こうとせず、その場に立ち尽くしていた。

ほんの十秒程度の短い時間。まるで世界にはふたりしかいないような錯覚を覚えながら、ただ見つめ合っていた。

そして、この時間が永遠に続けばいいのにと心の中で繰り返している自分に気づき、胸の奥に鈍い痛みを感じる。

その痛みの正体はなんなのか、今もわからないままだ。

「あれが俺と恭太郎が通っていた小学校。奥に中等部があって、高等部はその向こう」

「えっ」

蒼真の声に、思いを巡らせていた里穂は我に返る。

顔を向けると、蒼真が苦笑し里穂を見つめている。

「疲れてる？」

「いえ、大丈夫です。ちょっとぼんやりしていただけで」

里穂は胸の前で手を横に振る。

不意に端整な顔が目の前に現れて、蒼真のことを考えていた心を見透かされたようでドキドキしている。

「大学は学部によって結構バラバラなんだよな」

目の前の大通りを挟んで向こう側に見えるレンガ造りの立派な建物を眺めながら、蒼真が説明を続けている。

それは国内屈指の名門大学の附属小学校で、蒼真と恭太郎の母校でもある。

「俺が薬学部に進むことにした時、当たり前のように恭太郎も薬学部に決めたんだ。あの時だけは自分の人生を真面目に考えろって説教した」

「恭太郎君らしいですね。蒼真さんのことが大好きだから」

蒼真はうんざりするように顔をしかめた。

「でも、蒼真さんが薬学部を出てるのは驚きました。後継者だから単純に経営学部とかそのあたりかと思っていて」

里穂の言葉に、蒼真は「それも考えた」と答える。

「母が昔からメディカルメイクにどっぷりだったから、その影響。薬の力で治療できるものは治療して、あとはメイクでカバーするのがベストだよなと考えて。だったらしっかり勉強しないと説得力はないし。まさかそこまで恭太郎がついてくるとは思わなかったが」

小さなため息を吐く蒼真の横顔は、ひどく穏やかで優しい。

言葉とは裏腹にうれしかったのだとわかる。

「花音ちゃんもここで素敵なお友達と出会えるといいですね。蒼真さんと恭太郎君のような、長く付き合えるお友達と」

「俺と恭太郎？」

納得できないとばかりに蒼真は眉を寄せるものの、それ以上なにも言わず再びレンガ造りの建物に視線を向けた。否定できないようだ。

「花音ちゃん、合格してほしいですよね」

「あれだけ利発で元気なら、合格するだろ」

「ですよね」

講習会のあと、花音の母親からお受験対策の幼児教室にこれから向かうと聞いて、志望校を尋ねてみると、たまたま蒼真の出身校だった。国内最難関だと言われている超名門の小学校だ。

興味を持ったのが顔に出たのだろう、蒼真が「帰りに寄ってみるか？」と言ってくれ、こうして見に来たのだ。

里穂は小さな身体でランドセルを背負い門を通り抜ける花音を想像して小さく微笑んだ。

「わざわざ案内していただいて、ありがとうございます。小学生の頃の蒼真さん、見たかったです」

その頃から見た目抜群で頭も切れていたのだろうか。子どもの頃の蒼真を想像すると、自動的に小学生の頃の恭太郎の姿も現れて、つい笑い声をあげそうになる。

「俺も、子どもの頃の里穂が見たかったよ」

蒼真が里穂の顔を覗き込んだ。

「常連さんとか、幼なじみがしょっちゅう店に顔を出すだろ？　俺の知らない里穂の話で盛り上がるのを見てるのは……いや」

「蒼真さん？」

不意に目を泳がせた蒼真を、里穂は首をかしげ見つめる。

「なんでもないんだ。ただ」

蒼真は珍しく強い口調でそう言うと、里穂の手を取り歩みを速めた。

「あの？」

話の途中でいきなり手を取られ、里穂は足もとをもたつかせながらあとに続く。

手をつないだり肩を抱いたり、蒼真にとって大した意味はないとわかっているが、まだ慣れない。

蒼真は母校の建物を通り過ぎ、車を停めているパーキングに向かっているようだ。

人通りの多い交差点の信号が赤に変わり、立ち止まる。

すると蒼真は軽く腰を折り、里穂の耳もとに唇を寄せた。

「ただ。幼稚園の帰りに里穂が河原を転げ落ちて近所中大騒ぎになった時とか、お父さんが亡くなられて店を引き継ぐと決めた時。里穂のそばにいてやりたかった」

里穂は顔を上げ、蒼真を見つめた。

蒼真の言葉の意味がよくわからない。

「蒼真さん？　それは、あの」

戸惑う里穂に、蒼真は優しく微笑み軽く肩をすくめた。

「普通とは違うにしても、縁があって結婚したんだ。妻のことを知りたい。そう思ってるんだよ」

蒼真の手が里穂の頬を優しくなでる。あまりにも丁寧で慎重すぎるその動きに、里穂の心がざわざわしている。

もっと強く触れてほしい。

ふと浮かんだ思いに、さらに心が揺れる。

「私も。私も蒼真さんのことが、知りたいです」

頬に触れる蒼真の手に自身の手を重ね、里穂は迷いのない声でそう答えた。

「なにが知りたい？」

蒼真は軽く首をかしげ、柔らかな笑みを浮かべた。

「だったら、あの……好きな食べ物は」

とっさに口を突いて出た里穂の言葉に、蒼真はつかの間黙り込み、そして肩を揺らし笑い声をあげた。

「あ、やだ」

里穂は間の抜けた質問をしてしまったと気づき、顔を熱くした。蒼真の好物ならとっくに知っている。

「好きな食べ物は里穂の料理。とくに豚汁は絶品」

笑い声の合間に聞こえる蒼真の言葉に、里穂は気まずげにうなずいた。

「ですよね。よく知ってます。……今晩は豚汁にします」

「その前に」

信号が青に変わり一斉に動き出した流れの中、蒼真は思いついたように微笑んだ。

「高校時代によく通っていた店が近いから昼はそこで食べないか？　チーズたっぷりのピザ。ベーコンも旨いんだ」

「いいですね。食べたいです」

蒼真は高校時代、なにを食べてなにに笑っていたのだろう。

蒼真のことを、もっと知りたい。

胸に広がる思いに戸惑いながら、里穂はつないだ手に力を込めた。


結婚後、通いで店を続ける里穂の負担を考えて店の閉店時間を早めただけでなく、日曜日に加えて水曜日が定休日になった。

雫と恭太郎から提案された時には料理を楽しみに通う常連を気にかけ乗り気でなかった里穂も、いざ始めてみると身体がラクなだけでなく精神的にも余裕が生まれるとわかり、正解だったと納得した。

普段後回しにしている家事を片付けたり、気分転換にピアノを弾いてみたり。

今日のように蒼真と待ち合わせてランチを楽しむこともできる。

【蒼真さんに教えてもらったカフェに着きました。待ってますね】

里穂は蒼真にメッセージを送り、口もとを緩めた。

朝食の時に今日は佳也子の誕生日プレゼントを買いに出かけると話した里穂を、蒼真がランチに誘ってくれたのだ。

今日は出張も会議もなく終日本社にいるらしく、昼休みに出てきてくれるそうだ。

待ち合わせの時間まであと十分。里穂はそわそわしながら店内を見回した。

杏華堂から歩いてすぐの場所にあるカフェでは、見るからに上質だとわかるスーツを着た男性や、華やかながらも上品な装いがよく似合う、それでいて仕事もバリバリこなしそうな女性たちが食事を楽しんでいる。

これは超一流企業がズラリと本社を構えるオフィス街ならではの光景なのだろう。

里穂は自身の服装をチラリと眺め、肩を落とした。

さすがに店に出ている時のようにジーンズにポロシャツではないが、雫に勧められて買った、リネン素材のあっさりとしたデザインのワンピース。

白地に淡い紫の花柄が気に入っているが、店内にいる華やかな女性たちと比べると、野暮《やぼ》ったく見えて仕方がない。

おまけに色鮮やかなハイヒールが店内を闊歩《かっぽ》している中、里穂の足もとは白のバレエシューズ。歩きやすくて重宝しているとはいえオフィス街にはなじまない気がする。

次に蒼真と待ち合わせる機会があれば、雫にアドバイスをもらってこの場にふさわしい装いを意識しよう。

里穂はそう心に決め、アイスコーヒーを口に運んだ。

その時、ひとりの男性がカフェに飛び込んできた。

よほど急いで来たのか肩を上下させ荒い呼吸を繰り返しているのが遠目でもわかる。

恰幅がいい存在感のある身体に、仕立てのよさそうなグレーのスーツ。この辺りの一流企業の取締役という雰囲気だ。

誰かを捜しているのか、店内をキョロキョロと見回している。

見るともなく眺めていると、不意に男性と目が合った。

すると男性は表情を変え探るような眼差しで里穂を睨みつけたかと思うと、つかつかと近づいてきた。

「お前が蒼真をたぶらかした女だな」

里穂のテーブルに近づくや否や、男性は声を張りあげた。周囲の誰もがぎょっと振り返るほどの大きな声に、里穂は不安を感じ椅子の上で後ずさる。

「どんな手を使って蒼真に取り入ったか知らんが、お前のようなたかが食堂の女将が桐生家に入り込めるとでも思っているのか？」

「あ、あの」

見覚えのない男性が目の前でわめき立てている。

蒼真の名前が出ているところを見ると彼の知り合いのようだが、いったい誰なのかわからない。

「身のほどをわきまえてほしいもんだな。夢を見るのはお前の勝手だが、現実を考えろ。蒼真には俺が麗美さんという桐生家にふさわしい相手を見繕ってやったんだ」

「麗美さん？」

その名前には、聞き覚えがある。たしか蒼真の出張先に常務と現れた見合い相手の名前だ。

となると。

「金が欲しかったら俺がやるからとっとと蒼真と別れろ」

周囲への迷惑など微塵も考えず怒鳴り散らしているのは、蒼真に見合いをさせようと躍起《やっき》になっている常務に違いない。

蒼真に代わって社長になろうと目論んでいるだけでなく、メディカルメイクを廃止しようとしている常務。そして蒼真の叔父だ。

よほど興奮しているのか目はつり上がり真っ赤な顔でわなわな震えている。

「お金なんて」

想像していた以上の利己的な言葉や振る舞いに不安が消え、それに代わって湧き上がる苛立ちに、唇をかみしめた。

「それにしても、蒼真も女を見る目がないな。どうせならうちの会社に役立ちそうな女と結婚すればいいものを。だから世間知らずの坊ちゃんはダメなんだよ。で、いくら欲しいんだ？　蒼真と今すぐ別れるならいずれ杏華堂の社長になる俺がくれてやる」

「私はお金のために蒼真さんと結婚したわけじゃありません」

里穂は勢いよく立ち上がり、きっぱりと言い放った。

蒼真の立場を考えればここはおとなしく聞き流すべきだとわかっているが、自分のことなら我慢できても蒼真のことを悪く言われるのは我慢できなかった。

「私は蒼真さんを、あ、愛しているから結婚したんです。お金が欲しくて結婚したんじゃありません」

貫禄がある大きな身体に気おされながらも、里穂は相手をまっすぐ見据えて言葉を続けた。

愛しているとは自分でもよく言えたと思うが、これくらい言わなければ蒼真との結婚が契約結婚だと見抜かれてしまうような気がしたのだ。

「それに、蒼真さんは世間知らずの坊ちゃんじゃありません」

〝自分の力を過信せずに、謙虚に仕事に向き合え〟

その言葉を戒めにして真摯に仕事に向き合う蒼真のことを、バカにしないでほしい。

彼こそ杏華堂の次の社長としてふさわしい。

「お、お前、なにを偉そうに言ってるんだ、俺を誰だと――」

「俺の愛する妻をこれ以上侮辱するな」

常務らしい男性がヒステリックな声をあげたと同時に、聞き慣れた声が響いた。

顔を向けると、険しい表情の蒼真がすぐ近くに立っていた。

眉間には深い皺が浮かび、鋭い視線を男性に向けている。

「蒼真さん……」

いつも優しい蒼真のここまで感情を露わに見せる姿を見るのは初めてだ。まるで別人のようで、驚かずにはいられない。

けれどこんな場面だというのに、常務に立ち向かう蒼真の横顔にときめいている。

「彼女を妻にしたくて強引に口説いたのは俺です。彼女は自分の欲のために結婚するような人じゃありません」

蒼真は里穂を背に立ち男性に冷たく告げる。

「常務、彼女に謝罪して下さい」

蒼真が強く迫る。

「だ、誰に言ってるのかわかってるのか？　謝罪？　俺がそんな女にするわけないだろ。第一、麗美さんのことはどうするんだ。彼女はお前と結婚するつもりなんだぞ」

「その話なら最初から断っているはずです。もともと俺は、里穂以外の相手と結婚するつもりはなかったんです。もちろん別れるつもりもありません。だからいい加減、あきらめて下さい。迷惑です」

トーンを抑えた声で淡々と告げる蒼真の顔が苦々しげに歪み、かなりの怒りを我慢しているのがわかる。

「それにこれ以上ここで騒ぐのはやめた方がいいですよ。ここにいるうちの社員たちが、呆れて見てますから」

「はっ？　なにを言って……」

男性は我に返ったように表情を固くし、辺りを見回している。

「お、お前たち、なにを見てるんだ」

里穂もつられて見てみると、店内のあちこちから好奇に満ちた視線を向けられているのに気づいた。蒼真の言うとおり、杏華堂の社員なのだろう。

「やだ」

里穂は息をのみ両手を口に当てた。今のやり取りを見られていたはずだ。お金のために蒼真と結婚したなどというあり得ない疑いを晴らしたくて、つい蒼真を愛していると言ってしまったが、それも聞かれたのだろうか。

里穂はあまりの恥ずかしさに目眩を覚えた。

「常務、今後見合いの話は結構です。麗美さんにもそうお伝え下さい」

冷静に言葉を重ねる蒼真を苦々しげに睨みつけると、男性は「ふんっ。俺は認めないぞ」と言い捨て、荒々しい足取りで店を出ていった。

「悪い。もうわかってるとは思うが、今のが常務だ」

蒼真は里穂を席に座らせ、自身も向かいの席に腰を下ろした。

「やっぱりそうですよね。名前が出たのでピンときました」

そして予想以上の押しの強さや身勝手な言葉がいつまでも続くのには驚いた。

「麗美さんのことは常務にきつく釘を刺しておくから大丈夫だ。それに」

蒼真はテーブルに両肘を乗せ頬杖を突くと、優しい笑みを浮かべた。

「里穂があれだけハッキリと俺を愛していると言ってくれたから、これ以上見合いの話を押しつけることはないと思う」

「それは、あの」

あまりの照れくささに言葉を詰まらせる。

「あの時は、私たちのことを詮索されたくなくて。それに、蒼真さんのことを悪く言われてつい……我慢できなくて。すみません」

「どうして謝るんだ？　俺のために言ってくれたんだろう？」

里穂は紅潮している顔を蒼真に向け、うなずいた。

「蒼真さんがどれだけ頑張っているのか知らないのにひどいことばかり言うので、我慢できなかったんです。ごめんなさい」

里穂は力なくそう言って、頭を下げた。

蒼真の会社のことに首を突っ込むつもりはなかったのだ。

「謝らなくていい。それに里穂の言葉、うれしかった。ありがとう」

「いえ、そんなっ」

蒼真から愛おしげに見つめられ、里穂は照れくささに目を泳がせた。

「里穂が心配で常務を追ってきたら、店に入った途端、愛の告白が聞こえてきた」

「だからそれは……あ、愛してるなんて嘘を言ってごめんなさい。つい黙っていられなくてつい……。でも、私、離婚するまでは妻としての役目はきっちり果たしますから、安心して下さい」

「は、嘘……？」

蒼真は途端に表情を変え、里穂を目を凝らし、見つめた。

「はい。黙っていられなくて。これからは気をつけます」

つい口を滑らせたが、蒼真を悪く言われて我慢できなかった。

とはいえ蒼真にそれを聞かれていたとは申し訳ない。そして恥ずかしすぎる。

「そうか……」

蒼真はぽつりとつぶやき苦笑すると、気持ちを落ち着けるように息を吐き出した。

「たとえ嘘でも……。愛してるなんて言ってもらえるとやっぱりうれしいよ。正直、常務のことはどうでもよくなった」

「そ、そうですか」

蒼真の口から飛び出す言葉があまりにも甘いような気がして、答えに困る。

「うちの社員たちも同じ気持ちみたいだな。スッキリした顔をしてる」

里穂は首をかしげる。

「さっき常務にも言ったけど、うちの社員たちが今もチラチラ見てる」

「え」

蒼真の言葉をようやく理解して、里穂は広い店内を見回した。相変わらずあちらこちらから視線を向けられている。

「ここはうちの社員のランチには定番の店。本社に食堂はあるが、かなり混むんだ」

「定番……」

里穂はチラチラ向けられる視線から隠れるように、身体を小さくした。

常務に言い放った言葉が次々と頭に浮かんできて、あまりの恥ずかしさに思わず声が漏れそうになる。

「常務にあれだけハッキリ言ってくれて、社員たちもスッキリしていると思うが、これ以上楽しませることもないな」

蒼真は伝票を手にゆっくりと立ち上がった。

「とりあえず、ここを出ようか」

「はいっ」

里穂は待ちかねたように答えると、蒼真が差し出した手を反射的に掴んで勢いよく立ち上がった。

「きゃっ」

足に力が入らない。

立ち上がろうとした途端身体が大きく揺れて、蒼真の胸に勢いよく飛び込んでしまった。

常務に毅然とした態度で向き合ったとはいえ、やはり緊張していたようだ。

「すみません」

慌てて離れようとするも、足もとがふらついて思うように動けない。蒼真の身体にしがみついたまま、あわあわと焦るばかりだ。

「いいんだ。このまま俺にしがみついていればいい」

柔らかな声におずおずと顔を上げると、まるでこの状況を楽しんでいるような蒼真と目が合った。

「俺がそばにいるから大丈夫だ。安心しろ」

「はい」

背中に蒼真の手の温もりを感じながら、里穂はうなずいた。

蒼真の腕の中にいるだけで心が落ち着き安心できる。

他のことはすべて後回し。ただここにいたいと思ってしまう。

自然に身体が動き、目の前にある蒼真の水色のシャツに額を押し当てた時。

「里穂の味方なら、俺以外にも結構いるみたいだな」

蒼真の楽しげな笑い声が聞こえ、里穂は顔を上げた。

「私の味方？」

蒼真の視線をたどって周囲を見渡せば、相変わらずの、というよりもさっきよりもたくさんの目が里穂たちを見ている。どの目も里穂たちのやり取りに興味津々、食事の手も止まっている。

「あの人って誰？　もしかして桐生部長の彼女？」

「そうかも。美男美女でお似合いすぎる」

ざわめきの中、里穂たちをうかがい見るささやきが耳に届く。

味方というのは杏華堂の社員たちのことだ。

「……っ」

あまりの恥ずかしさに、里穂の口から声にならない声がこぼれ落ちる。

「出ようか」

楽しげな蒼真の声にうなずくと、里穂は真っ赤に違いない顔を隠すようにうつむきながら、店を後にした。


その日の晩、里穂は蒼真から手渡されたタブレットの画面を見つめていた。

「これって、この間の講習会の時の？」

表示されているのは、杏華堂のホームページに今日アップされたメディカルメイクの特集記事で、講習会の時の写真が何枚か掲載されている。

「これ、すごくいい写真ですね」

里穂が見ているのは、杏が参加者にメイクを施している写真だ。参加者は後ろ姿しか見えないが、杏が笑顔で話しかけている。

写真越しに「これで大丈夫よ」という優しい声が聞こえてきそうなほどの愛情が伝わってくる。

「これのどこが問題なんですか？　まさかメディカルメイクが特集されたのが常務の気に障ったとか？」

里穂は首をかしげ、蒼真に問いかけた。

今日の昼間、蒼真が予約していた和食料理を食べられたのはいいものの、その場で常務がカフェに突然押しかけてきた理由を聞く余裕はなく、蒼真の帰宅を待って説明してもらうことにしたのだ。

今こうして夕食を取りながら説明を受けているが、里穂はいまひとつ理解できない。

いくらメディカルメイクが気に入らなくても、人の目があるカフェにいきなり押しかけてまで、里穂に不満をぶつけるとは思えない。

「問題はその写真じゃないんだ」

蒼真は苦笑し、テーブルを回って里穂の隣の椅子に腰を下ろした。

「実は社内で話題になっていて……これだ」

蒼真がタブレットの画面に新たに表示させたのは、杏の写真でもメイクの写真でもなく、グランドピアノを弾く里穂の隣でぴょんぴょん跳びはねている花音。ただし、後ろ姿だ。

そして写真の端には里穂たちを眺めている蒼真が映っている。

「え、まさかこの写真がＨＰにアップされたんですか？」

里穂の問いに、蒼真がうなずいた。

「問題は、ここにいる俺だ」

さらにわけがわからない。

「蒼真さんならこの場にいてもおかしくないし、それにカッコいい……いえ。なんでもないです」

里穂はつい本音を漏らしそうになり、慌てて言葉を濁した。写真に映る蒼真の表情は横顔ながらひどく温和で優しく、はしゃぐ花音を愛おしげに見つめている。

まるで愛する者を見守るような、そんな眼差しを花音に送っているのだ。

「花音ちゃん、かわいかったですからね。でもこの写真のどこが？」

首をかしげる里穂に、蒼真は小さく息を吐き出した。

「HPに記事がアップされてすぐ、俺が見つめている女性はいったい誰だと社内がざわついたんだ。それを聞きつけた常務が社長室に乗り込んできて。どういうことだと騒ぎ立てた」

「見つめている女性って、花音ちゃんですよね。問題があるとは思えませんけど」

「は……？」

蒼真はわけがわからないとばかりに目を見開いた。

「俺が見ているのは里穂だ。花音ちゃんはかわいいが、この時俺は、里穂を見ていたんだ」

蒼真は呆れた声でそう言って、苦笑する。

「そろそろ常務に結婚したことを話してもいいだろうと父さんと話していたのもあって、乗り込んでこられた時に常務に伝えたんだ。で、予想通り激怒」

蒼真は顔をしかめる。

「でも」

里穂は目を瞬かせた。

「結婚したことを、まだ常務に伝えていなかったんですか？」

結婚の理由のひとつは、常務から見合い話を押しつけられないようにすることだ。婚姻届を提出してから三週間以上経った今も伝えていないというのは、目的から外れているような気がした。

「常務にルールは通用しないし常識もない。だからまだ伝えてなかった、というより伝えるタイミングを考えていたってところだな」

蒼真は声のトーンを落とし、答える。

「本当なら結婚してすぐに常務に話したかったんだが、腹を立てた常務が株主総会で面倒なことをしでかすとまずい。だから終わるのを待って話すことにしたんだ」

「株主総会」

里穂の日常には必要のない言葉だが、そういえば五月あたりから雫の口からもその言葉がよく出ていた。

「総会が終わって、タイミングをみて話すつもりだったんだが、この写真が社内で話題になったおかげで手間が省けたかもな」

「そうだったんですか」

里穂は今日目の当たりにした常務の不躾《ぶしつけ》な態度を思い出す。

「たしかになにを始めるのかわからない方でした」

「あと、結婚したことを知らせたのは常務だけじゃないんだ」

蒼真はタブレットに再び視線を落とすと、素早く操作し別の画面を表示させた。

「なんですか」

「社内報。社員と家族だけが見られる、会社の活動報告みたいなものかな。今日の終業後にアップされたばかりだ」

目の前に差し出された画面を見ると、全社社員の人事異動や入社と退社に関する報告、そして最後に結婚した社員の名前がある。

「経営戦略部　桐生蒼真？　あっ、これって」

声をあげた里穂に、蒼真はうなずいた。

「もともと株主総会が終わって最初の社内報で公表するつもりだったんだが。ＨＰからばれるとは考えてなかった」

面白がるような口ぶりにつられて、里穂も笑みを漏らす。

「常務さん、相当びっくりしたでしょうね。お店に飛び込んできた時、鬼のような顔をして私を捜していたんです」

そのうえ終業後には追い打ちをかけるように社内報で蒼真の結婚を確認させられて

いるはずだ。

「あと、今日常務が里穂を捜しにまっすぐカフェに向かったのは――」

「蒼真さんに離婚する気がないので私を説得して、というか私にお金を渡して離婚させようとしたということですね」

「あ、ああ」

蒼真は一瞬なにか言おうと再び口を開いたが、思い直したように口を閉じた。

「理解できました。わざわざ説明してくれて、ありがとうございます。家に帰ってからも気になっていたのでスッキリしました」

「……そうか。だったらよかった」

蒼真は含みのある口ぶりでそう言うと、向かいの席に戻っていった。

その時、キッチンからタイマーの音が聞こえてきた。

「そうだ、小籠包《ショウロンポウ》」

里穂は急いでキッチンに行き、火を止めた。

大きな蒸し器がシュンシュンと音を立てていて、慎重に蓋を開くとできたての小籠包からおいしそうな湯気が上がっている。

今日、蒼真と別れて家に帰ってからというもの、蒼真をバカにしていた常務への苛立ちが蘇ってきて、それを紛らわせるように、ひたすら小籠包を包み続けていた。

店のメニューにはないが、気持ちを落ち着けたい時に昔からよく作るのだ。

「作りすぎたかも」

よほど常務に腹を立てていたということだ。

「でも……ん？」

里穂は蒼真からなにか聞き忘れているような気がして、一瞬動きを止めた。

「なんだろう」

今日のことに違いないが、ど忘れしているのかハッキリしない。

「うまそうな匂いだな」

キッチンに現れた蒼真は、蒸し器を覗き込み「おっ」とうれしそうに目尻を下げている。

「小籠包山盛りです。存分に食べて下さい」

表情をほころばせた蒼真が振り返ったと同時に、なにか聞き漏らしているような気がしていたことなど、すっかり忘れてしまった。

＊　＊　＊

規則的な寝息を立てている里穂の寝顔を眺めながら、蒼真は何度目かのため息を吐き出した。

「スタートで間違えたってことか」

苦笑交じりの声が、エアコンの音に交じって薄暗い寝室に響く。

冷房が得意じゃない里穂は、夏でも厚手のパジャマが手放せないらしく、今も杏が結婚祝いにと用意したシルクのパジャマを着ている。

前面のボタンを首もとまできっちりと留め、上着は長袖、ズボンの裾はくるぶし丈という露出の少なさ。

今でこそ蒼真にパジャマ姿を見られることに慣れたようだが、同居開始直後、とくに初日はかなり緊張し照れていた。

それに加えて寝室がひとつだと知った時の、一瞬で全身を赤く染め、恥じらうように顔を伏せた里穂の小刻みに震えていた背中。

結婚を決めてすぐに恋愛経験はゼロだと伝えられていたが、二十九歳という年齢を考えても、そこまで初心《うぶ》だとは思ってもみなかった。

『寝室を分けると家族が来た時に怪しまれる。だから同じベッドで寝ることに慣れてもらえないか？　もちろん手は出さない』

この結婚への笹原からの疑惑を払拭するためにも寝室をひとつにすると初めから決めていたが、それを頼み込むことも想定外だった。

便宜的な妻。それも時期がくれば離婚するつもりでいる彼女に手を出すつもりはもともとなく、頼み込んだ時ももちろんそのつもりだったが。

「失敗したな」

里穂の額にかかる髪を指先で梳きながら、蒼真は苦笑する。

素直で真面目、誠実な人柄の里穂は、自身の生き方は世の中の常識だとばかりに人を疑うことを知らないようだ。

ひとつのベッドをふたりで使うことに初日はかなり緊張していたが、手は出さないという蒼真の言葉に即反応し、次第に落ち着きを取り戻していった。

蒼真の言葉をすんなり信用し、今ではふたりで眠ることに緊張も抵抗もなさそうだ。

「単純というか、素直すぎるというか」

蒼真は昼間の社長室での出来事を思い出し、目を細めた。

HPの写真を見た常務が社長室に飛び込んできたのは、そろそろ里穂と待ち合わせているカフェに向かおうとしていた頃。

来週実施される工場案内の件でたまたま社長室にいた蒼真の顔を見るや否や、常務は写真について問い質した。

その結果、蒼真から里穂と結婚したと聞かされたうえに社長である父からも『うちの新しい家族、かわいいだろ』とスマホの画面に表示されている里穂の写真を自慢気に見せられていた。それは杏がメディカルメイクに参加している里穂を撮った写真で、彼女の優しい笑顔が印象的な一枚だ。

当然ながら、常務は頭に血を上らせ怒り狂った。

蒼真は父が安易に里穂の写真を見せたことに呆れたが、常務の反応なら予想できたので、とりあえず激高が収まるのを待つことにした。相手にしなければ五分程度でひとまず落ち着くはずだ。

その時、蒼真の腕時計に里穂からメッセージが届いた。

【蒼真さんに教えてもらったカフェに着きました。待ってますね】

約束の時間より早めに着いたようだ。

メッセージを確認し頬が緩むのを我慢できずにいると、父がそれに気づいた。

『里穂さんからか？　そういえばそこのカフェで待ち合わせしてると言っていたな。新婚さんは仕事の合間も会わずにいられないようだな』

お調子者の父の軽はずみな言葉を耳にした直後、常務は社長室を飛び出した。蒼真たちが止める隙もない、あっという間のことだった。

里穂がカフェにいることを常務がどうして知ったのか、今夜はそこまで説明するつもりでいたが、里穂はそのことはなにも気にしていなかった。

常務から浴びせられた非常識な言葉や不躾な態度に戸惑い、そして大勢の社員たちに成り行きを見られていたことに動揺してそれどころではなかったのかも知れないが。

単純すぎるだろうと、蒼真は呆れ顔で里穂を見つめた。

「ん……」

もぞもぞと動く里穂の顔にうっすらと笑みが浮かんでいる。

なにか楽しい夢でも見ているのだろうか。

ベッドサイドの灯りにぼんやり照らされた里穂の顔を眺めながら、蒼真も彼女の隣に身を横たえた。

反動でマットが上下しても目を覚ます気配はなく、穏やかな寝息を立て続けている。

手を出さないという蒼真の言葉を信用し、警戒心もなくぐっすり眠っている。

蒼真は再びため息を漏らすと、片ひじで頬杖をつき里穂の寝顔を見つめた。

本人に自覚はないようだが、小さな顔にバランスよく配置されたパーツはどれも整っている。

穏やかながらも強い意志が見える大きな瞳や形のいい顎のライン。少し薄めの唇はメイクなしでも赤みを帯びていて魅力的だ。

今日カフェで常務と対峙している里穂に店のあちこちから視線が向けられていたのは、常務とのやり取りを気にしてのことだろうが、見回した中には里穂の凛とした美しさに見とれている社員も少なからずいて、いい気はしなかった。

一瞬、里穂は俺の妻だとその場で公表しようかと考えたが。

『私は蒼真さんを、あ、愛しているから結婚したんです。お金が欲しくて結婚したんじゃありません』

必死の形相で常務に訴える里穂の言葉に驚き、しばらくの間その場を動けなかった。

怒り狂う常務を前に不安を押し殺しながら立ち向かう里穂はとても美しく、そして愛おしかった。

今の言葉が本心ならいいのにと心に浮かんだが、残念ながらその思いが報われる兆《きざ》しは今のところない。

『愛してるなんて嘘を言ってごめんなさい。黙っていられなくてつい……。でも、私、離婚するまでは妻としての役目はきっちり果たしますから、安心して下さい』

必死に弁解する里穂に、蒼真への好意などまったく見当たらなかった。

それが想像以上に切なくて、つかの間言葉をなくしたほどだ。

蒼真は起き上がると、ベッドサイドのテーブルに置いていたスマホを手に取った。

画面に表示させたのは、今日HPに公開された写真だ。里穂が花音にピアノを弾いて聞かせている後ろ姿。そしてそれを見守る蒼真の横顔。

これほど優しい眼差しを里穂に向けているとは思わなかった。

まるで里穂以外なにも見えていないような、蕩《とろ》けるような目で彼女を見つめている。

ただし、里穂は蒼真が花音を見ていると勘違いをしていたが。

そんな間の抜けたところも彼女の魅力だと思うのは、惚れた弱みなのかもしれない。

正直、里穂を好きになったタイミングはよくわからない。

ただ。

『メイクって人を強くしますよね。悲しくても疲れていても、メイクひとつで気持ちが前向きになれるし頑張れることも多いし。だから、蒼真さんのお仕事ってとても素敵なお仕事だと思います』

満開の桜を背にした里穂からそう言われた時、これまで信念を持ちやってきたことは間違いではないと言われたようで優しい気持ちになり、同時に彼女となら事情を解決するための契約結婚をうまくやれるかもしれないと、頭に浮かんだ。

そして彼女の家族への愛情を利用する形で一気に結婚に持ち込んだ。

それは蒼真の都合を優先させた、里穂にしてみれば押し切られたとも言える結婚だ。

もちろん里穂に対する罪悪感は小さくなく、彼女のために店の改装の費用を引き受けたり同居を始めるにあたって彼女の希望を聞き入れたりと気を配った。

そんな中で始まった結婚生活。一緒に過ごす時間が増えるに従って彼女の新たな魅力に気づく機会が増え、どんどん好きな気持ちが膨らんでいったというのがしっくりくる。

そして彼女の家族への強い愛情に触れるたびそこに自分も加わりたいと思うようになり、気づけば彼女への想いをごまかせなくなっていた。

蒼真はベッドに横たわり、そっと里穂の身体を抱き寄せた。

それでもぐっすり眠り続ける里穂の額に掠めるだけのキスを落とした。

本当なら額ではなく唇に、そしてその先に進み里穂と愛し合いたい。

今もきっちり留められたパジャマのボタンをすべて外して里穂の体温を直接感じ、奥深くに触れたいと、全身が訴えているのがわかる。

「里穂……」

熱にまみれた思いをやり過ごすように、蒼真は里穂の身体を慎重に抱きしめた。

手を出さないという蒼真の言葉を信じている里穂を裏切ってがっかりさせたくない。

里穂を抱く時は、彼女がそれを求めていると感じた時。そう決めている。

とはいえ独りよがりにも思えるこの忍耐力がいつまでもつのか、自信がなくなりつつあるのもたしかだ。

「俺のこと、好きになれよ」

蒼真はまるで洗脳するかのように里穂の耳もとにささやくと、柔らかな身体を抱きしめ直し、目を閉じた。

＊　＊　＊

翌日の夕方、仕事を終えた雫が満面に笑みを浮かべて店に飛び込んできた。

「お帰り。どうしたの？」

里穂が乱暴に開けられた扉を気にしながら声をかけると、雫はカウンターに腰を下ろし、勢いよく話し始めた。

「今日は一日中部長の結婚のことで大騒ぎ。相手はモデルレベルのすっごい美人だってもちきり」

「そう。昨日社内報で結婚が公表されただけでも騒ぎになったのに、その前にとっくに話が広まってたみたい。お姉ちゃん、昨日カフェで常務とやり合ったんでしょう?」

雫が身を乗り出し面白がるように問いかける。

「やり合ったって、そんなこと、ない……けど」

否定できず、里穂は曖昧に答えた。やり合ったつもりはないが、常務に強気な態度で迫った自覚はある。

蒼真をバカにしていた常務の顔を思い出すと、今も苛立ちが蘇る。

「運が悪かったね。あのカフェってうちの社員お気に入りだから、結構な人数に見られてたみたい」

「やっぱり」

里穂は肩を落とした。

「蒼真さんは大丈夫? 仕事に影響が出てるとか面倒なことになってない?」

「全然っ」

雫はきっぱり否定する。

「まあ、当たり前だけど今日は会う人会う人全員にお祝いの言葉をかけられてるし、同期の人たちにはからかわれっぱなしだったけど、ずっとうれしそうだったんだよね。いつもなら作り笑顔でかわすとか出張の口実を作って本社から出ちゃうのに。別人みたいだった」

「仕事に差し障りがなければそれでいいんだけど」

メディカルメイクのことだけでなく仕事に集中するために実行した結婚のせいで仕事に支障が出ては本末転倒だ。

「あ、面倒なことならある。取引先からお祝いが色々届いて処理が大変なの。リストアップしてお礼状の手配とか。私は秘書だったんだって実感してる」

大袈裟にため息を吐きカウンターに突っ伏す雫を、里穂はクスリと笑った。

忙しそうな雫には申し訳ないが、蒼真の業務に影響がなかったようでホッとする。

「そうだ、……こんな日なのに初めて作ったメニューがあるんだけど、食べてみる？　魯肉飯《ルーローハン》。八角を入れてるからスパイシーでおいしいと思うんだけど……え、なに？」

雫が目を細め意味ありげな視線を寄越している。

「ふーん。小籠包の次は魯肉飯ね。なになに、新婚の桐生家ではアジア料理がブームなの？　お姉ちゃんが作る小籠包は最高だって部長から何度も自慢されてうんざり」

「それは」

里穂はニヤリと笑う雫から目を逸らし、口ごもる。

蒼真が小籠包を気に入ってくれたことに気をよくして、同じアジア料理の魯肉飯を作ってみたのだ。

「まずは私に試食させて、それから部長に食べてもらおうとか考えてるんでしょ？」

「……ばれちゃった？」

雫にごまかしは通用しない。里穂は気まずげに肩をすくめた。

「ばれるもなにも。まあ、いいけど。じゃあ、私が試食してあげるから食べさせて。お腹がペコペコ。一日部長のうれしそうな顔を見せられて、疲れちゃった」

「じゃあ、すぐに用意するね」

里穂はいそいそと支度に取りかかる。

改装前最後の営業を終えて名残惜しげに帰る常連さんたちを見送った今、店には雫以外誰もいない。

「今日は大勢来てくれた？」

少し声を詰まらせながら、雫が店の中を見回している。

店内はやけに静かだ。

「うん、店に入れないくらい来てくれて、ちょっと泣きそうになった」

今日は常連さんたちが次々顔を出してくれて、最後の夜を明るく盛り上げてくれた。改装が終わればまた営業を始めるが、父が大切に作り上げた食堂は今日でいったん終了だ。明日からは業者が入り、本格的に改装の準備が始まる。店の中のものはすべて運び出され、改装まで蒼真が用意してくれた倉庫で保管される。

「いよいよか……」

雫も寂しいのか目を潤ませている。

「そういえば、恭太郎もしばらく皿洗いができないのが寂しいって的外れなこと言ってたな。いつもどこかずれてるのよね」

しんみりとなりかけた空気を変えるように雫が明るい声をあげる。

思い出がつまった店に手を加えるのは寂しいが、それは仕方がない。代わりに手に入る安全と使いやすさを楽しみにしながら、完成を待つつもりだ。

「でも、ちょっとびっくりしてるんだよね」

雫がカウンターの中にやってきて普段通りエプロンを身につける。最後の夜、じっとしていられないようだ。

「部長がお姉ちゃんと結婚するって聞いた時は信じられなかったし、絶対なにか隠してるって思ったんだけど、部長って本当にお姉ちゃんのことが好きなのね。部長のあんな幸せそうな顔、今日初めて見たもん」

「それは、そうなのかな……」

里穂は雫から目を逸らし曖昧に答えた。

蒼真が幸せそうな顔を見せるのはきっと、結婚したことが周知されて、常務から見合いを押しつけられなくなったからだ。

結婚の目的のひとつが達成されて、喜んでいるだけのこと。里穂のことが好きだというわけではない。残念ながら。

「そういえば、雫は？」

思いがけず落ち込みかけた気持ちに戸惑いながら、里穂は話題を変えた。

「恭太郎君だって雫のことが大好きでしょ？　そろそろ結婚しないの？」

何気なさを装い、問いかけてみる。

雫が里穂に気遣い結婚を先送りにしていることは聞いているが、状況が変わった今、雫の心境にも変化があるかもしれない。というより、あってほしい。

「うーん。まだ先かなって思ってたけど、お姉ちゃんが結婚したし、考えようかな。恭太郎のご両親とは気が合うし、お兄さんが家を継ぐから結婚も自由で気が楽だし」

「そうか。だったらそろそろ前向きに考えてもいい時期かもしれないね」

里穂は落ち着いた声で答えつつ、心の中でガッツポーズを作った。

「お姉ちゃんの結婚式が終わって落ち着いたら、考えてみる。恭太郎は今日にでも結婚したいってうるさいし、そろそろ恭太郎を幸せにしてあげるのもいいかもね」

あっさりとした口ぶりとは逆に、雫の表情は今までになく明るく幸せそうだ。

里穂が結婚して、背負っていた重荷を下ろしたような、解放された気分なのだろう。

やはり、里穂に気兼ねして結婚を後回しにしていたのだ。

蒼真から聞くまでそのことに気づかなかった自分が情けない。

「恭太郎君なら、雫と一緒にいられるだけで幸せそうだけど？」

里穂がからかい交じりにそう言っても。

「そうなの。私がそばにいるだけで生きてるって感じるんだって。それだけ私のことが好きってことだけど単純だよね。でも、そういう恭太郎だから私も大好きなの」

雫は照れることなく平然と答える。

恭太郎との関係に絶対的な自信と信頼があるのがよくわかる。

「羨ましい」

思わずこぼれた言葉に、里穂は慌てた。

単なる便宜上の妻である自分が、本当の恋人同士の雫たちを羨むのは間違っている。

ここは雫が恭太郎と結婚する気持ちになったことを喜び、早く結婚できるようにもうひと頑張り。とにかく背中を押すべきだ。

里穂はふとこぼれ落ちた言葉を振り払うように深く息を吐き出すと、丼にご飯をよそい、スパイスが効いた豚肉の煮込みをたっぷりかけた。

小籠包に続く桐生家のアジア料理第二弾だ。

「わー、おいしそう。お店の魯肉飯みたい。部長には悪いけど、お姉ちゃんの新メニュー一番乗り」

雫は自ら半熟卵を丼に乗せて仕上げると、いそいそとカウンターに戻っていく。

「いただきまーす」

よほどお腹がすいているのか勢いよく食べ始めた。

「すっごくおいしい。これなら部長も何杯でも食べると思うよ。でも私の方が先に食べたって、明日自慢しよう。絶対に悔しがりそう」

「悔しがるって、大袈裟」

里穂はクスリと笑う。

「全然大袈裟じゃない。言い忘れてたけど、今会社で盛り上がってるセリフを教えてあげる」

「なに？」

里穂はきょとんとする。いきなり話題が変わって、ついていけない。

雫は手にしていた蓮華を置くと、思わせぶりな表情を浮かべ口を開いた。

「〝俺が愛する妻を侮辱するな〟」

聞きおぼえのある言葉に、里穂は動きを止めた。

「きゃーっ。部長っていったいなに言ってるんだろ。私の方が照れる」

カウンターを何度も叩き、里穂は「照れる照れる」と言いながら顔を赤らめている。

「昨日のカフェで部長が常務に言ったんでしょう？ そこいた人たち、びっくりして卒倒しそうだったって。今日は一日そのセリフがあちこちから聞こえてきてドキドキしっぱなし。部長って意外に情熱的？ お姉ちゃんラブなのね」

「ラブって……そんなこと、ないから」

里穂は自分に言い聞かせるように答えた。

たしかに昨日、カフェで蒼真はそう言っていたが、それは常務に契約結婚であることを気づかれないようにするためで、本心ではない。

それはわかっているが、きっぱりとそう言った蒼真を思い出すと、どうしようもなく胸がドキドキし、そわそわしてしまう。

たとえ本心でなくても、雫いわく情熱的な言葉のパワーはかなりのものだ。

〝俺が愛する妻を侮辱するな〟

つい気が緩むと頭の中を同じセリフが何度もリフレインする。

もしもそれが蒼真の本心だったら。

ふと浮かんだ思いに、里穂は慌てて蓋をした。

「あー、雫、なに食べてる？　俺も腹ぺこ」

入口の扉がガタガタと音を立てながら開いたかと思うと、恭太郎が顔を出した。

「里穂さん、俺にもなにか残ってるのでいいから食べさせて。話題の男のおかげで昼も食べ損ねたんだ。親友の俺から蒼真のラブラブぶりを聞き出そうとみんな必死。本当、大変だよ」

大変だと言いながらも恭太郎はテンション高めでやけに明るい。

「話題の男？」

わけがわからずにいると、恭太郎に続いて蒼真が顔を覗かせた。

「よっ、話題の男」

恭太郎が大袈裟な動きで声をかける。

「蒼真さん？　今日は会食って言ってましたよね」

蒼真が笑顔を見せる。

「先方の都合でランチに変更。今日はここに顔を出したかったからちょうどよかった。俺もなにかもらっていいか？」

「もちろんです。お魚もお肉も……なにを用意しましょうか」

ちょうど蒼真のことを考えていたところに本人が目の前に現れて、つい声が裏返る。

「里穂さん、俺は雫が食べてる……それってもしかして魯肉飯？」

恭太郎は、雫の丼を覗き込みながら、カウンターに腰を下ろす。

「そう。これはね、桐生家で流行ってるアジア料理。お姉ちゃんが部長のために作った特別メニューだから、心して食べてね」

「蒼真のための魯肉飯？　そのネタいただき。明日も蒼真のことをあちこちから聞かれるだろうし、新ネタの投入だな」

「おい、いい加減にしろよ」

恭太郎の頭を軽く小突き、蒼真もカウンターに腰を下ろした。

「俺も魯肉飯ある？」

「大丈夫です。すぐに用意しますね」

頭の中に再び繰り返されたセリフのせいで、つい口ごもりそうになる。

〝俺が愛する妻を侮辱するな〟

何度思い出してもドキドキする。

蒼真を見ると、雫と恭太郎と三人で、スマホを眺めながら笑い合っている。穏やかな笑顔に思わず見とれそうになる。

見合いから解放され、このままいけば恭太郎と雫の結婚も近そうだ。

結婚を決めた理由が次々と解決されていく。だとすれば、いつまで自分は蒼真の近くにいられるのだろう。

そう考えるたび、何故か胸に広がる痛みを持て余しながら、里穂はこの店で用意する最後の料理を丁寧に仕上げた。

第五章　別れの兆し

「明日、お店の荷物が倉庫に運ばれるそうです」

里穂はそう言って、隣を歩く蒼真を見上げた。

外灯に照らされた横顔はとても優しくて、里穂を気遣っているのがわかる。

改装前最後の営業を終え店を出た時にはさすがに感傷的になり胸に込み上げるものがあった。

けれどなにも言わず里穂の手を取ってくれた蒼真のおかげで、マンションの前でタクシーを降りた時には気持ちは落ち着いていた。

今もマンションの敷地内を手をつなぎ歩きながら、ぽつりぽつりと穏やかに言葉を交わしている。

「明日のことなら伯父から聞いてる。工事のスケジュールと経過を毎日更新して送ってもらえるように頼んであるし、なにか問題があれば俺に言ってくれれば対処するから安心していい」

蒼真は真剣な眼差しで里穂に言い聞かせる。

里穂たち家族が女所帯だという理由で小山につけいられたこともあって、蒼真は店の改装に関して神経質になっている。

里穂や雫よりも改装プランを熟知しているのは間違いない。

調査の結果、店舗部分だけでなく住居部分にも本格的に手を加える必要があるとわかり、ショールームに出向いて設備を選ぶ時や、工事前の近隣への挨拶回りの時にも蒼真は同行してくれた。

忙しい蒼真に頼るのは心苦しくて初めは遠慮していたが、蒼真は取り合わなかった。たとえどれほど忙しくても里穂を支えたい気持ちが強く、自分が直接かかわり進める方がよっぽど精神的にいいらしい。

「なにからなにまでありがとうございます」

里穂は立ち止まり、蒼真に深々と頭を下げた。

「俺が好きでやってることだから気にしなくていい。工事のことは俺に任せて里穂は自分がやりたいことに集中したらどうだ？　新しいメニューを考えたいって言ってただろう？　今日の魯肉飯もうまかったし、常連さんも喜ぶんじゃないか？」

「考えてみます。せっかくお店が新しくなるのでメニューも目新しいものを増やそうとも考えていて。魯肉飯で今まで使ったことがないスパイスを用意したりして新鮮で楽しかったので、色々試してみてもいいかなと思っていて」

里穂は声を弾ませた。

「我が家でブームらしいアジア料理の第三弾も楽しみだな」

蒼真は楽しげにそう言って、里穂の顔を覗き込んだ。

蒼真は里穂が自分のために小籠包に続いて魯肉飯を用意したと雫から聞いて、喜んでいた。

よほどアジア料理が好きなのか、今も期待に満ちた目で里穂を見つめている。

「本場に食べに行くのもいいな。町の雰囲気はささはらの辺りとよく似てるから里穂も気に入ると思う」

「行ってみたいです。本場でおいしいものを食べてみたいです」

それも蒼真と一緒だ、楽しいに違いない。考えるだけでワクワクする。

「わかった、だったらふたりで計画しよ――」

「蒼真さん」

不意に聞こえてきた声に、里穂と蒼真は顔を見合わせた。

振り返ると、エントランスの脇からひとりの女性が駆け寄ってくるのが見えた。セキュリティに配慮された敷地内は明るく、女性の顔もはっきりとわかる。

見ると、蒼真が厳しい表情で女性を眺めている。

「蒼真さん、こんばんは。会社に伺ったら帰られたって聞いたのでここで待っていたんですよ」

女性は蒼真の傍らに立ち、ニッコリ笑いかける。

人形のようにかわいらしい、目鼻立ちが整った女性だ。そろそろ日付が変わる時刻だというのにメイクには崩れひとつ見えない。

「こんな時間にいったいなんのご用でしょうか」

蒼真の固い声が響く。

「なんのご用って、決まっているじゃないですか。蒼真さんが結婚したって聞いて、びっくりして慌てて来たんですよ」

女性は里穂を軽く睨み、バカにするように肩をすくめた
「こちらがお相手ですか？　あなた、古びた食堂の女将なんですよね。蒼真さんにつり合うとでも思ってるんですか？」

「え？　古びた……？」

挨拶もなくいきなり毒のある言葉をかけられて、里穂は目を見開いた。

「蒼真さんも蒼真さんです。どうしてこんな女と結婚したんですか。見る目がなさす

ぎます。どうせ蒼真さんのステイタスを狙った女ですよ。早く別れて私と結婚――」

「麗美さん」

蒼真の冷たい声が女性の言葉をピシャリと遮った。

「あなたに僕の妻のことを悪く言われる理由はありません。このままお帰り下さい」

蒼真は女性を見据えてきっぱりと言った。

里穂は〝麗美さん〟と呼ばれた女性の顔をまじまじと見つめた。蒼真の見合い相手のようだ。

「少なくともこんな時間にいきなり現れるような非常識な相手と話をするつもりはない」

蒼真は語気を強め、言葉を続けた。

「でもっ。その女と結婚したって、蒼真さんにはなんのメリットもないじゃないですか。杏華堂にとって父の会社はなくてはならない会社ですよね。そんな女より私と結婚した方がいいってことは、誰でもわかります。いい加減、目を覚まして下さい」

前のめりに話す麗美に、蒼真は冷たい目を向ける。

「見くびらないでほしい。俺のことを他の会社の後ろ盾がなければ仕事ができないような男とでも思っているのか？」

「そ、そんなことは……」

一瞬で空気が変わってしまうような蒼真の冷徹《れいてつ》な声に、麗美は言葉を飲み込んだ。

「それに、一応伝えておくが、俺が彼女に惚れて口説いたんだ」

言葉は丁寧だが声には怒りが滲んでいる。里穂とつないだ手にも力がこもり、痛いほどだ。

「彼女は俺にはもったいないほど素敵な女性で、俺の方が彼女との結婚を望んだんだ」

「嘘よ。絶対に嘘。そんなこと信じられない」

麗美は顔をしかめ、何度も首を横に振る。

「だって、蒼真さんは今も姉のことが好きなんですよね」

麗美の言葉に、里穂は顔を向けた。

「姉?」

「もしかして、姉を忘れたくてそんな女と結婚したんですか? だったら姉に似てる私の方が蒼真さんを慰めてあげられるのに。だからやっぱり私と――」

「バカバカしい」

蒼真は呆れたようにため息を吐く。

「君のどこが沙耶香《さやか》に似てるんだ。彼女は君と違って俺の立場に興味なんてない、自立した女性だ」

「沙耶香？」

麗美の姉のことのようだが、初めて耳にした名前に里穂は動揺した。それに蒼真が今も麗美の姉を好きだというのは、いったいどういうことだろう。

思いがけない流れに理解が追いつかない。

おまけに改装の件で蒼真に全面的に頼りきっている自分と違って、麗美の姉は自立している女性のようだ。

会ったこともない相手とはいえ目の前の麗美以上に気になる。

すると蒼真は里穂の戸惑いを察したのか「あとで説明する」と声をかけた。

「私に面倒なこと全部押しつけて逃げたずるい女なのに、みんなして姉を誉めてばかりで気分が悪い。あ、そうだ」

麗美は高ぶる感情を抑えるように一度息を吐き出すと、蒼真と里穂を交互に見やり、ふんと鼻を鳴らした。

「今、姉が日本に帰ってきてることは知ってますか？　ああ、もしかして会う約束でもしていたりして」

芝居じみた麗美の声に、蒼真はうんざりしたように肩を落とす。

「俺がなにを言っても信じないようだが、俺と沙耶香は大学時代からの単なる友人だ」

「嘘よっ。蒼真さんは姉のことをずっと」

「それに妻と一緒にいられる大切な時間を犠牲にしてまで会いたいと思う相手はいない。もちろん沙耶香にも会うつもりはない」

蒼真の力強い声に、麗美はぐっと声を詰まらせた。

それは里穂も同じ。本心ではないとわかっていても、蒼真の甘い言葉に息が止まりそうになる。

蒼真はどこまでも食い下がる麗美を突き放すためにそう言っただけで、本気で言っているわけじゃない。

「だから君の思い込みでこれ以上俺たちを振り回すのはやめてほしい。それに君との見合いの話は初めから断っていて、なにより俺はもう結婚しているんだ。二度と俺の前に現れるな」

蒼真は厳しい声でそう言い捨てると、里穂の肩を抱きマンションへと歩みを進めた。

「里穂、いいから行こう」

「え、でも……」

里穂が足もとをよろけさせながら振り返ると、麗美が顔を歪ませ立ち尽くしている。

「そんなこと言って、パパの会社と取引できなくなって困るのはそっちでしょう？　それでもいいの？」

深夜の高級住宅地に、場違いな凄みのある声が響く。

里穂は不安を感じ、とっさに蒼真の背中に手を回し歩みを速めた。

「そんな女のどこがいいのよ！　私の方が絶対にメリットがあるのに。ふん、せいぜい今のうちに蒼真さんに甘えておけばいいわ。私、どんな手を使ってでも、絶対にあきらめないから。本気よ」

一段と激しい言葉が辺りに響き、里穂はピクリと身体を震わせた。

「どんな手を使ってでも……？」

歩みを止めずもう一度振り返ると、麗美が鬼のような形相で里穂を睨みつけている。

そのあまりにも異様な様相に、里穂は身をすくませた。

人からこれほどの憎悪を向けられるのは初めてだ。それも今日初めて顔を合わせたばかりの相手から。わけがわからないだけに不安は大きく恐怖さえ感じる。

それほど彼女は蒼真と結婚したかったのだろうか。

麗美は常務が推している単なる見合い相手だと理解していたが、それは間違いなのかもしれない。

「大丈夫だ」

蒼真の力強い声が耳に届いたと同時にさらに強い力で抱き寄せられ、里穂はいつの間にか止めていた息を吐き出した。

麗美の怒りに歪んだ顔や甲高い声。思い出すだけで鼓動が速くなる。

「怖い思いをさせて悪かった」

エレベーターに乗り込んですぐ、蒼真はそう言って里穂を胸に抱きしめた。

「いえ……だ、だ……」

大丈夫ですと続けるつもりがうまく言えず、口ごもる。手足も微かに震えている。

「説明させてくれないか？」

蒼真は里穂の背中をなでながら、優しくささやいた。

自宅に帰ってすぐ、里穂は入浴を済ませて気持ちを落ち着かせた。

今も麗美から向けられた厳しい表情を思い出すと鼓動が不規則に跳ねるが、ここは巨大なタワーマンションの最上階。

物理的に距離を取っただけでなく、万全のセキュリティという安心感に支えられて、冷静に考えられるようになった。

もちろん蒼真がそばにいるという心強さが、気持ちを整えられた一番の理由だ。

「これを見てほしいんだ」

「え、この写真、本場じゃないですか」

里穂は蒼真から手渡されたタブレットに表示されている写真を眺めながら、驚きの声をあげた。

そこに映っているのは、ズラリと並ぶ屋台を背に白い歯を見せる蒼真だ。蒼真の傍らには十人ほどの男女が弾けるような笑顔を見せていて、どの顔も楽しそうだ。

目に鮮やかな色合いの城のような建物も映り込んでいて、これぞ台湾という風景だ。

「詳しいのかなと思っていたんですけど、行ったことがあったんですね」

「大学の卒業旅行で行ったこの一回きりだ。人に優しい居心地のいい場所だった」

思い返すようにつぶやく蒼真の表情は穏やかだ。目を細め、口もとにも柔らかな笑みが浮かんでいる。よほど楽しかったのだろう。

「これが恭太郎」

蒼真は画面の真ん中、ピンクのアフロヘアにサングラス姿の男性を指さした。

「雑貨屋で見つけたこのカツラが気に入って、調子に乗ってるところだな」

「ふふっ。恭太郎君らしいですね」

調子に乗っているという説明に、里穂は納得する。大学時代も今も、恭太郎に変化はないようだ。

それにしても、と里穂はつくづく思う。

大学時代の蒼真も今と変わらずカッコいい。

白いシャツにジーンズという飾り気のないあっさりとした服装だというのに、長身で手足が長くスタイル抜群、端整な顔も群を抜いて目立っている。

「同じ学部の人かなにかですか?」

「いや、みんなバラバラ。学祭の実行委員だったんだ。学祭が終わっても定期的に飲んだりしていて卒業前に台湾に行ったんだ」

「いいですね、卒業旅行」

里穂も友人たちと計画していたが、卒業の二カ月前に父親が亡くなり旅行どころではなかった。

「それと、彼女」

蒼真は恭太郎の隣で大笑いしている女性を指差した。

マキシ丈のノースリーブのワンピースが似合う、ショートカットの綺麗な女性だ。

「彼女が沙耶香」

「え」

里穂は息をのんだ。

「沙耶香は同じ大学の同級生で、たまたまふたりともこの年の実行委員を引き受けたんだ。常務の奥さんの姪だから親戚といえば親戚だが、子どもの頃に親族の集まりかなにかで一度顔を合わせた程度で、大学に入るまでとくに付き合いはなかった」

「同級生」

里穂は改めて写真に映る沙耶香の顔を見つめた。

肌は小麦色でショートカットの髪色は金髪に近い。顔もノーメイクのようだ。

それでも顔をくしゃくしゃにして笑う彼女の顔は輝いていて、とても魅力的だ。

「アクティブなイメージの人ですね」

蒼真は軽くうなずいた。

「海外に興味があって、時間があればリュックひとつで海外に行っていたな」

フットワークが軽く、どこにでも飛んでいきそうなイメージだ。

自分とは真逆のイメージの沙耶香に、里穂は胸の奥がモヤモヤするのを感じた。

同時に頭に浮かんだのは、蒼真が今も沙耶香を好きだと言っていた麗美の言葉。

思い出すだけでモヤモヤするどころか痛みを感じる。

「里穂」

蒼真はソファの上でうつむく里穂の顔を覗き込んだ。

「沙耶香は親戚ということもあって親しくしていただけの単なる友達。さっき麗美さんがバカげたことを言っていたが、俺と沙耶香の間にそれ以上の感情はない」

里穂に身体ごと向き合い、蒼真は真剣な眼差しで説明する。

「沙耶香は両親とうまくいってなくて大学に入学したタイミングで家を出たんだが、卒業して俺との見合い話が持ち上がった時に家族に見切りをつけて当時付き合っていた恋人と結婚した。今は旦那さんともどもアメリカで働いてる」

「結婚されてるんですか?」

麗美の話しぶりからそれは想像していなかった。

それに蒼真と沙耶香の間に見合いの話が持ち上がっていたことも、今初めて知った。だとすれば、沙耶香の代わりに妹の麗美が蒼真の見合い相手として常務に推されているということだろうか。

想定外の情報ばかりが飛び込んできてうまく整理できない。

「三年ほど前だな。恋人のアメリカ転勤が決まって、結婚して彼女も一緒に行ったんだ。友達の結婚式に呼ばれて今ひとりで帰国してると母さんに連絡があったみたいだが、俺と会おうなんて話は出ていない」

「杏さん?」

ここでもまた意外な名前を聞かされて、里穂はさらに混乱する。

「母さんのあの性格、わかるだろ。面倒見がよすぎるんだ。両親とうまくいっていない沙耶香を気にかけて、大学時代も今も連絡を取ってる。親戚だから心配だとか言ってるが、他人のことも放っておけないあの性格、どうにかならないか……まあ、尊敬してるが」

蒼真は仕方がないとばかりに肩をすくめ、苦笑する。

口では杏のことを愚痴っていても本音では彼女を認めているのだ。

「母さんは麗美さんのことも気にかけているが、沙耶香のアメリカ行きに力を貸したことが気に入らないみたいでそっちはうまくいってないみたいだな」

「そ、そうなんですね」

不意に麗美の名前を耳にして、心臓がトクリと音を立てる。

身体は正直だ。あれだけの憎悪を向けられてストレスを感じているのか、口ごもってしまった。

「里穂?」

黙り込んだ里穂を、蒼真が心配そうに見やる。

「大丈夫です。今まで麗美さんみたいな人に会ったことがなくてびっくりしただけで」

それに蒼真と沙耶香に特別ななにかがあると臭わされて、動揺した。

けれど蒼真から事情を聞いた今、その動揺もかなり収まっている。気を抜いていた時に麗美の名前を聞いて、過剰に反応したようだ。

「でも蒼真さんが説明してくれたから、もう平気です。もしもまた麗美さんに会ったら、私もハッキリと――」

蒼真の両手が伸びてきて、気がつけば蒼真の胸に顔を埋めていた。

「蒼真さん？」

とっさに顔を上げようとしても、あまりにも強く抱きしめられていて動けない。

なにが起きているのかわからないまま、里穂はまばたきを繰り返した。

「面倒なことに巻き込んで、申し訳ない」

苦しげな蒼真の声が頭上から聞こえてくる。

「あんなことを言われて、怖がらせて悪かった」

「あんなこと……」

〝どんな手を使ってでも、絶対にあきらめない〟

麗美の凄みのある声を思い出した。

その瞬間、不安や恐怖が全身に広がるのを覚悟したが、意外にもなんの変化もなく落ち着いている。

多少の戸惑いはあるものの、自分でも驚くほど気持ちは穏やかで、安定している。

それはきっと、今こうして蒼真に抱きしめられているからだ。

蒼真がいれば、なにが起きても大丈夫。

そんな安心感と絶対的な信頼感が、心の中に広がるはずの不安や恐怖を押しやって、里穂を守っている。

思い返せば小山から持ち込まれた提案をきっぱり断れたのも、蒼真が目の前で見守っていてくれたからだ。

里穂はたまらず蒼真を強く抱きしめた。

蒼真と一緒にいられる今が愛おしくてたまらない。ずっと蒼真のそばにいたい。

この気持ちがなんなのか、気づかない振りをしてごまかすのはもうやめよう。そんなこと、これ以上無理だ。

里穂は蒼真の胸に顔を押しつけ、蒼真の存在をたしかめた。

想像していたよりも固くて厚い胸、心臓がトクトクと音を立てているのがわかる。

蒼真がここにいる、それを自分の身体全部で感じられることが、これほど幸せなことだとは思わなかった。

「里穂？」

くぐもった声が聞こえてきて、引き離されないようにさらに力を込めて抱きしめた。

お揃いのシルクのパジャマの滑らかさを頬でたしかめながら、里穂は初めて知る多幸感に全身が震えるのを感じた。

毎晩同じベッドで眠っていても、指先すら触れ合うことのない夜は長すぎて寂しい。

同居して初めての夜、同じベッドで寝ても手は出さないと言われた時は蒼真の気遣いに感謝したが、そのうちそれは、切なさに変わっていった。

同じベッドに並んで夜を過ごしても、蒼真の体温に触れることなく朝を迎える。

それが寂しくて苦しくて、蒼真よりも早くベッドに入って寂しさが胸に溢れる前に眠りに落ちるように、固く目を閉じていた。

そして目が覚めた時にはいつも、手を伸ばせば届くのに伸ばせない距離に蒼真の寝顔がある。

規則正しい寝息と穏やかな寝顔。里穂に触れなくても平気だと暗に伝えられているようで、蒼真を見るのが苦しい。

これ以上、そんな切ない朝を迎えたくない。

それに、これ以上蒼真への想いを隠せそうにない。

そう、蒼真を愛しているという想いだ。

思い返せば初めて店に来た時においしそうに里穂の料理を食べている姿に心惹かれ、それから彼の仕事ぶりや魅力的な内面を知れば知るほど気持ちが傾いていった。

会社の利益にならないメディカルメイクを存続させようと力を尽くしたり、仕事となれば休日返上で全国を飛び回ったり。一生懸命にそして真摯に仕事に向き合う姿はとても素敵だ。

そしてなにより里穂を面倒事から守ってくれる頼もしさ。

どの蒼真も魅力的で惚れ惚れする。里穂はとっくに彼を好きになっていたのだ。

そうはいっても契約結婚の妻でしかない自分が蒼真を好きになっても想いが叶うわけもなくつらくなるだけ。だからこの気持ちは恋ではないと無意識に自分に言い聞かせ、想いに蓋をし続けてきた。

けれどそれももう限界だ。蒼真を好きだと認めるしかない。

蒼真に見守られながら小山に毅然と向き合えた時。

今思えば、その時が蒼真を好きだと自覚した瞬間だった。

「蒼真さん、私」

胸に溢れる感情が、今にも口からこぼれ落ちそうだ。

「私、あの、本当は蒼真さんのこと――」

「大丈夫だ。怖がらなくていい。俺が里穂を守るから安心していい」

「え、あの」

切迫した蒼真の声に違和感を覚えておずおずと顔を上げると、蒼真は苦しげに顔をしかめている。

「沙耶香がアメリカに行く時に、俺がうまく対処できていたら……」

「なんのこと？」

里穂は動きを止めた。どうしてここで彼女の名前が出るのかわからない。

「いや、いまさらだな。とにかく不安にならなくていい、大丈夫だ。麗美さんのことは俺がちゃんとしておくから、ここまで震えるほど怖がらなくていい」

蒼真は里穂に言い聞かせると里穂をさらに強く抱きしめた。

「あれだけハッキリ言っておいたから大丈夫だと思うが、常務と麗美さんには改めて釘を刺しておく。それでもなにかあったらすぐに言ってくれ」

「蒼真さん……ち、違う」

里穂は慌てて顔を上げようとするが、途端に胸に押しつけられてなにも言えない。

里穂が震えているのは、麗美への恐怖や不安のせいではなく、蒼真に気持ちを伝えようとした武者震いのようなもの。単に感情が高ぶっているだけだ。

蒼真は完全に誤解している。

「里穂が心配でたまらないんだ」

「蒼真さん……」

絞り出すような声が切なくて、里穂も蒼真の身体を思い切り抱きしめた。

パジャマ越しに重なる互いの体温がもどかしすぎる。もっと近くに、そして直接蒼真を感じたい。

里穂は蒼真の腕の力がわずかに緩んだタイミングで顔を上げ、想いを伝えようと口を開いた。

蒼真が好きだと伝えたい。

「里穂？」

蒼真の瞳が熱を帯びているような気がして、里穂の身体が一瞬で熱くなった。

もしかしたら蒼真も今、同じ気持ちかもしれない。そんな淡い期待が胸に広がっていく。

けれど恋愛経験ゼロというハンディは思いの外大きい。蒼真の瞳の奥に宿る感情を読み取れそうにない。

もしも蒼真が里穂と同じ気持ちでなかったら、蒼真を好きだという里穂の気持ちは重荷にしかならないはずだ。

自分は単なる便宜的な妻。いつか蒼真と離婚して別れる日がやってくる。

頭に浮かんだ現実が、今の今まで高ぶっていた感情に緩やかにブレーキをかける。

里穂は力なくうつむき、額を蒼真の胸もとに押し当てた。上からふたつ三つ、無造作に外されているパジャマのボタンが目に入る。

はだけたパジャマの襟もとから覗く蒼真の鎖骨。これほど間近に見るのは初めてだ。

これだけじゃない、蒼真について知っていることはほんのわずか。

きっと、想いを伝えられず知らないことだらけのまま別れの日を迎えるはずだ。

「蒼真さん……」

切なさが胸に込み上げてきてたまらず、里穂はだらりと下げていた両腕を蒼真の背中に回し、抱き着いた。

「里穂?」

蒼真の戸惑う声が聞こえてくる。

「もう少しだけ、このままでいていいですか？」

こうしている間も蒼真への想いが身体中に溢れ続けていて、今にも口からこぼれ出そうだ。

〝好きです〟

里穂は伝えられない想いを心の奥に収めるように蒼真の胸に顔を埋め、さらに強くしがみついた。

「里穂っ」

蒼真のくぐもった声が耳もとを掠める。余裕がないように聞こえるのは気のせいだろうか。

「どうかしたのか？」

埋めた蒼真の胸から、トクトクと激しく打つ鼓動が聞こえてくる。

「里穂、このまま離れないなら、俺はもう我慢しない。それでもいいのか？」

「あ……」

里穂はピクリと身体を震わせた。

我慢しないでほしい。

ふと胸に膨れ上がった想いに促されるように、里穂はおずおずとうなずいた。

里穂にとっては精一杯の、そして注意していなければわからないほどの微かな動き。

それでも蒼真には通じたようだ。

「ようやくだ……」

想いをかみしめるような声が耳もとに届いた瞬間、里穂の身体はふわりと抱き上げられていた。

横抱きにされ、目の前には蒼真の熱を帯びた瞳。里穂の鼓動が速度を増していく。

「やっと、その気になったようだな」

蒼真の低く艶めいた声に、里穂の身体の奥深くが反応している。

「その気……」

その意味なら里穂にもわかる。

「私……」

消え入りそうな声で里穂が答えようとした時。

「んっ」

里穂の唇に、蒼真のそれが重なった。

＊　＊　＊

肌触りのいい真っ白のシーツの上に里穂の身体を組み敷いた時、夢を叶えるというのはこういうことかと、蒼真は思った。

生まれた時には将来が決められていた蒼真に、夢を持つことは難しかった。

目指す職業を見つけたとしても、杏華堂の社長という未来が控えている以上、それを実現させるどころか口にすることすらできないからだ。

流行りのゲームが欲しいとかSNSで話題の服や靴を買いたいとか、そんな些細《ささい》な夢を持ったことも、蒼真にはない。

国を代表する企業の御曹司。欲しいものがあれば、手に入れたいと夢を見る前にひと言欲しいと口にするだけで、すぐに目の前に届けられる。

成長するにつれてそんな自分の境遇を淡々と受け入れ、夢というものに縁のない人生を過ごしてきた。

ただ、幸運にも杏華堂での仕事は蒼真にとって人生を通して打ち込める、やりがいのあるものだった。

敷かれたレールの上を文句も言わず走った先には、夢を叶えるための努力を重ねてでも携わりたいと思える仕事が待っていた。

それがどれほど幸運なことなのか、社会に出てすぐに実感した。

結局、蒼真は夢を見たことも夢を叶えるための努力を重ねたこともないまま大人になり、そして里穂と結婚した。

「大丈夫？　怖くないか？」

蒼真は里穂の身体に覆い被さり、甘い声でささやいた。

彼女の額に貼りついた髪を指先でそっと梳く。

里穂は蒼真の目を自信なさげに見つめ返しながら、そっとうなずいた。

「怖いというよりも、心配です。うまくできるのかどうか」

か細い声で答える里穂の愛らしい反応に、蒼真は小さく息をのむ。

すでになにも身につけていない里穂の華奢な身体はしっとり汗ばんでいて、蒼真を誘うように艶めいている。

キスを何度か交わしただけで頬はあっという間に紅潮し、全身は桜色に変化した。

「綺麗だ」

我慢できずこぼれ落ちた蒼真の言葉に、里穂の頬がさらに赤みを帯びた。

途端に恥じらうように視線を逸らし、羞恥に耐えつつ蒼真から注がれる熱い眼差しを全身で受け止めている。

どこか艶美な動きは破壊力抜群で、蒼真の身体はあっという間に熱くなる。

甘い吐息が漏れるのを抑えられず、下半身に集まる熱が蒼真の思考をかき乱す。

「蒼真さん」

いよいよ照れくささに耐えられなくなったのか、里穂は手を伸ばし、頭の横に置かれた蒼真の腕を掴んだ。

細く形のいい指先から、里穂の体温が蒼真の肌にじわりと染み入っていく。

体温だけでなく蒼真を求める里穂の熱情が注がれるような感覚が広がって、蒼真の身体は大きく震えた。

里穂を抱く時は、彼女がそれを求めていると感じた時。

そう心に決めて、里穂を抱けるその日を待ちわびていた。

今がその時だ。そして里穂を抱きたいという、蒼真が初めて抱いた夢が叶う時。

「里穂」

蒼真はわずかに開いている里穂の唇に舌先で軽く触れると、かみつくような勢いで里穂の唇を奪った。

素早く舌を差し入れて、里穂のそれと絡ませ合う。

「ん……ふっ」

すると里穂は目を見開き、蒼真を見つめた。

初めて知る乱暴ともいえる感覚に驚き、どう応えればいいのか混乱しているようだ。

ゆっくりと里穂の唇を解放した蒼真は里穂の頬をゆっくりとなでる。

「里穂、綺麗だ。もっと見せて」

キスだけで高ぶる身体をどうにか落ち着かせて声をかけると、里穂はためらいがちに首を横に振る。

「……恥ずかしい、です」

はじらうように顔を背けた里穂の、掠れた声。その言葉の裏に、物足りないという訴えが滲んでいると感じたのは、都合のいい勘違いだろうか。

「里穂、いいか？」

逸らしていた視線を迷いのない動きで蒼真に向けて、里穂は「はい」と答える。

その躊躇《ちゅうちょ》のなさに、なんのことを言っているのか本当に理解しているのか蒼真は不安になる。

それでももうこらえきれない。

手を出さないという言葉を信じる里穂を裏切らないよう自制しながら耐えた夜。

里穂から求められていると感じた今、そんな苦しい夜を重ねるつもりはない。

蒼真は里穂の目尻にキスを落とすと、優しく微笑んだ。

「里穂と結婚できてよかった」

自然と口からこぼれ落ちた蒼真の言葉に、里穂はくっと息を止めた。

熱で潤んだ大きな瞳がさらに大きく開き、蒼真をまっすぐ見つめている。

信じていいのかどうか、蒼真の瞳の奥から答えを引き出そうとしているようだ。

蒼真は里穂を安心させるようにうなずいた。

「俺の妻になってくれて、ありがとう」

里穂はゆっくりと表情をほころばせ、身体から強ばりが消えていくのがわかる。

それが合図のように、蒼真は勢いよく里穂の首筋に顔を埋め、甘噛みを繰り返す。

「あっ」

初めて知る痛みに耐えながら、里穂は何度も鼻にかかった声をあげている。

その声がたまらなく愛おしい。

蒼真は首筋から胸もとへと唇を這わせ、心地よさそうに顔をしかめる里穂の口から何度も声を引き出した。

初めての里穂を気遣わなければと頭ではわかっているものの、理性では抑えきれないほどの欲が溢れ出して、身体がいうことを聞いてくれない。

それどころかまだまだ里穂の声や吐息を引き出したくて仕方がない。

そんな欲望に従順な一面が自分にあることを、蒼真は初めて知った。

「大切にする。里穂が嫌がることはしない」

高ぶる身体をどうにか抑えながら、里穂の耳にささやいた。

これ以上の我慢が続くと、それこそ里穂を泣かせ、抱き潰してしまいそうで怖い。

「はい」

蒼真のささやきに、里穂は蕩ける瞳を蒼真に向けてコクリとうなずいた。

躊躇のない仕草の裏側に里穂の覚悟が見えた気がして、蒼真は言葉を詰まらせる。

結婚すると決めた時の彼女も凛としていて美しかったが、今の彼女はそこに艶やかな色香が加わって、さらに美しい。

「里穂」

蒼真は里穂の覚悟に答えるように優しく微笑むと、蒼真に触れられるのを待ち焦がれているかのように突き出している胸の先端を舌で刺激し、途端に跳ね上がった里穂の身体を抱きしめた。

縋《すが》りつくように身体を寄せてくる里穂が、たまらなくかわいくて愛おしい。

キスひとつに全身を震わせ、胸を甘噛みするだけで甘美な声をあげて蒼真の欲を膨らませる。

その仕草のすべては蒼真によって引き出されたもの。

そんな里穂を知っているのは自分ひとりだと思うだけで心が満たされていく。

それは今まで感じたことのない感情、いわゆる独占欲だ。

他の誰にも渡したくないし渡すつもりもない。

それだけでなく、無理だとわかっていても誰も触れることすらできない場所に、里穂を閉じ込めたい。

初めて知る身勝手な思い。

そんな感情も悪くない。

蒼真は腕の中に閉じ込めた里穂の耳に唇を寄せ、ささやいた。

「俺のことだけを考えろ、俺に夢中になれ」

里穂の身体がぶるりと震えた。

蒼真はそれからの長い時間、里穂の口から何度も嬌声《きょうせい》をあげさせた。

第六章　甘やかされて落ち込んで

翌朝、蒼真の腕の中で目覚めた里穂は、一瞬で昨夜のことを思い出した。

蒼真の目に宿った荒々しい光や苦しげに寄せられた眉。

そして里穂の身体の深い場所に熱を注いだ瞬間、部屋に響いたくぐもった声。

蒼真の口から出たとは思えない猛々《たけだけ》しい声は、今もはっきり耳に残っている。

里穂の秘められた場所に蒼真が触れるたび、背中を心地よさが駆け上がり『もっと……』と熱に浮かされたように口走りながら腰を動かしていたことまで。

「や……」

あまりにも淫らな自分が恥ずかしくて、思わず声が漏れる。

初めてだというのに少しも拒むことなく蒼真のすべてを受け入れ、それどころか快感を追いかけるように積極的に求めていた。

唇が重なるたび蒼真に教えられたとおりに舌を絡め、胸をまさぐる蒼真の手の動きに合わせて胸を差し出し身体を揺らす。

初めての自分が蒼真を満足させられたのか自信はないが、互いの身体がつながり里穂の奥に熱が注がれる瞬間の蒼真の顔は、荒い呼吸を繰り返しながらも満ち足りているように見えた。

普段の落ち着いた蒼真はもちろん紳士的でカッコいいが、里穂に強引に迫る蒼真も悪くなかった。というよりかなりときめいた。

けれど、里穂が覚えているのはそこまでだ。

蒼真から与えられる刺激にいよいよ耐えきれず、そして初めて知る快感に身体は限界を迎えたのか、満足そうな蒼真の顔を見たあとのことが思い出せない。

意識を飛ばしてしまったのだ。

ただ、蒼真が発する声にも負けないほどの甲高い声をあげてしまったことは、しっかりと頭に残っている。

「どうしよう」

思い出すことすべてが恥ずかしすぎて、蒼真の顔を見られそうにない。いっそここから逃げ出したい。

里穂はたまらず蒼真から離れ背を向けると、両手で顔を覆い、身体を小さく丸めた。

「里穂？」

里穂が腕から抜け出した反動で目が覚めたのか、背中に蒼真の声が聞こえた。

里穂は小さく身体を揺らし、意味がないとわかっていてもさらに身体を丸くする。

「大丈夫か？」

少し寝ぼけている声が聞こえたと同時に蒼真の手が伸びてきて、気づけば再び蒼真の腕の中に戻されていた。

慌てて両手で隠したままの顔を蒼真の胸に押し当てた。やはり恥ずかしすぎて顔を合わせられない。

「どうした？　里穂？」

探るような声とともにあっさり蒼真の胸から遠ざけられ、顔を隠していた手も簡単に剥《は》がされた。

「抑えが効かなかったな」

里穂は首を横に振る。

「大丈夫です」

昨夜あれだけ声をあげれば仕方がないが、目を泳がせつぶやいた声は掠れていた。

「やだ」

里穂は再び両手で顔を覆った。掠れた声を耳にした途端淫らだった自分を思い出して、蒼真にがっかりされていないかと不安になる。

「悪い。俺がもっと気を使うべきだったよな。里穂がかわいすぎて我慢できなかった」

「え、かわいい？」

強く抱きしめられた腕の中、意外な言葉に里穂は控え目に顔を上げた。

蒼真は力なく笑い、里穂の唇に触れるだけのキスを落とした。

「かわいいだけじゃない、綺麗で艶やかで……一度触れたらもう、放せなかった」

蒼真は里穂の首筋に顔を埋め、たまらないとばかりに息を吐き出した。

「蒼真さん……」

肌に直接触れる蒼真の吐息も背中に感じる手もひどく熱い。

「初めてだとわかっていて、悪い。どこも傷つけてないか？」

「本当に大丈夫です」

もちろん全身に違和感は残っていて、とくに下腹部の深い場所には今もなにかが居座っているような感覚がある。

意外な場所に鈍い痛みを感じるが、普段使わない筋肉を使ったせい。

それはすべて蒼真に抱かれた名残。わざわざ伝えて心配をかけることもない。

「なにかあれば言ってくれ」

どこまでも優しい蒼真に、里穂はどうにか笑顔を作ってみせる。

「心配されるどころか私は蒼真さんに抱かれて……あ、あの」

「里穂？」

不意に口をつぐんだ里穂に、蒼真が訝しげに声をかける。

「私は……」

ベッドの中にいるせいで、自然と目線の高さが同じになる。

蒼真の目になにもかもを見透かされそうで落ち着かず、里穂は視線を泳がせた。

「いえ……なんでもないんです。私は大丈夫です。心配はいりません」

本当は、蒼真に抱かれてうれしかったと伝えるつもりが、言葉が続かなかった。

蒼真の気持ちを察して言えなかったのだ。

これほど身体の具合を気遣われ、里穂が喜びそうな言葉をかけられても。そしてあんなに激しく抱かれても。

蒼真から、一度も好きだと言われていない。

そのことが頭に浮かんだ瞬間、なにも言えなくなってしまった。

抱かれてうれしいなどと伝えれば、勘がいい蒼真のことだ、そこから里穂の想いを察して、それに応えられない自分を責めるに違いない。それだけは、避けたい。

期間限定でいずれ離婚するはずのこの関係で、好きになるのは里穂のわがままだ。

そのわがままで、蒼真を困らせたくない。

昨夜里穂を抱いたのはきっと、麗美のことで不安を感じ混乱する里穂を落ち着かせるためで、そこに優しさはあっても愛はない。

もしも蒼真が里穂と同じ気持ちなら、好きだと伝えてくれるはずだから。

「里穂？　気分でも悪いのか」

黙り込む里穂の顔を覗き込み、蒼真が真剣な眼差しで声をかける。

どこまでも里穂を心配し優しすぎる蒼真に、里穂の胸が痛む。

「だから、心配しすぎです」

里穂は軽い口調でそう言って明るく微笑んだ。

「それに私、蒼真さんが考えているより強いんですよ。だからあれくらい平気です」

まるで自分に言い聞かせているみたいだと心の中で苦笑しながら、里穂は両手を伸ばし蒼真を抱きしめた。

翌日の午後、里穂は改装後の住居部分に設置する水回り設備を選ぶためにショールームを訪れていた。

雫も一緒に選びたいと言って午後から休みを取り、佳也子とともに顔を見せた。

「これ、お湯の温度が下がりにくい浴槽《よくそう》だって、よさそうだよね」

浴槽のコーナーを順に見て回りながら雫がはしゃいだ声をあげている。

「テレビにオーディオ付きも外せないかも。部長が用意してくれた今のマンション、両方ついていて楽しすぎるもん。今までのお風呂にはもう戻れない」

真剣な顔でつぶやく雫の隣で、佳也子もうんうんとうなずいている。

「実は私もそうなの。テレビを見ながらゆっくり足のマッサージができるし毎日お風呂が楽しみ。キッチンも広くて使いやすいのよ。休憩用の椅子を置いても邪魔にならないし、本当、助かってる」

雫と顔を見合わせて笑う佳也子の生き生きとした表情に、里穂は目を細めた。

蒼真が仮住まいに用意してくれた４ＬＤＫのマンションは住み心地が抜群で、ふたりは快適に過ごしている。

「いいお部屋を用意してくれてありがとうって蒼真さんにくれぐれも言っておいてね」

「う、うん、わかってる。ちゃんと言っておくね」

不意に蒼真の名前を耳にして、里穂はドキッとする。

昨夜初めて抱かれて以来、蒼真のことが頭から離れず、今も口ごもってしまった。

その後一時間近くショールームを見て回ったが、なにひとつ決定できていない。

「どう考えても高すぎる」

雫は顔をしかめた。

結局、いい商品はあれど予算内に収めるのが難しく、最終的に採用できないのだ。

「家もお店も綺麗になるからそれだけで十分満足だよね。予算第一でもう一回見て回ろう。お姉ちゃんはどれがいいと思う？」

それまでのうっとりしていた表情から一変、雫は真剣な顔で里穂に声をかけた。

「私は、そうだな。向こうにひとつ気になる――」

「どれでも気に入ったものを選んで下さい」

「え？」

突然割って入ってきた声に振り向くと、蒼真が立っていた。

「蒼真さん、あの、どうして」

仕事中のはずの蒼真が突然現れて、里穂は目を瞬かせる。

「打ち合せで近くに来たから、ちょっと寄ってみたんだ」

「そうなんですか。わざわざすみません」

「いや、かまわない。それより」

蒼真は里穂の傍らに立つと、佳也子と雫に向き合いゆっくりと口を開いた。

「費用は僕がすべて引き受けます。だからそのことは考えずに気に入ったものを選んで下さい」

「でも、それはちょっと図々しいし、やっぱり遠慮します。自宅の設備くらい私のお給料でどうに——」

「店の改装を決めた時からそのつもりだったんだ。だから遠慮するな」

蒼真はきっぱりと告げる。その語気の強さに里穂も雫もたじろいだ。

「蒼真さん、ありがたいお話ですけど、そんな図々しいことはお願いできません。お店の改装費用もいつお返しできるのかわからないのに、申し訳ないです」

店の改装費用を素直に借りることにした佳也子も、さすがに今回ばかりは気が引けるのか、遠慮している。

「じゃあ、これも改装費用の一部だと考えて下さい。ゆーっくりお返しいただければいいですよ。だから金額のことは二の次で、気に入ったものを選んで下さい」

「ですが、そこまで甘えるわけには」

遠慮する佳也子に蒼真は苦笑しチラリと里穂に視線を向ける。

「この先里穂さんには僕の立場上気を使わせてしまうことも多いですし、面倒なことに巻き込む時があると思います。だから、そのお詫びではないですが、気に入ったものを選んで下さい」

「蒼真さん、でも」

里穂はとっさに首を横に振る。

「いいんだ。里穂の家族は俺にとっても家族だから。できることはさせてほしい」

「家族……」

蒼真の力強く、そして優しい声が胸に響き、里穂は蒼真をただ見つめ返す。

「まあ、まあ。ふたりとも、そんなに見つめ合っちゃって、結婚の挨拶の時よりもラブラブなのね」

佳也子の楽しげな声に、里穂は我に返る。

「わかりました。こちらの設備の費用についてもお世話になります。ただ返済は今おっしゃっていただいたようにゆーっくりでお願いしますね」

「お母さん……」

戸惑う里穂に、佳也子は大きな笑顔を見せた。

「素敵な旦那様ね。私もパパに会いたくなっちゃったわ。でもそれはまだまだ先ね。せっかくだからテレビ付きのお風呂を十分楽しんでから会いに行かなきゃ。あと三十年くらい先かしら」

肩をすくめて笑う佳也子につられて雫もクスクス笑っている。

「そういえば部長、今日って支店長会議に出るんですよね。時間は大丈夫ですか?」

「そろそろ出ないとまずいな。じゃああとは三人で選んで……くれぐれも妥協なんてせずに——」

「大丈夫です。素敵な商品を選びますから、部長は安心して戻って下さい」

「わかった。慌ただしくてすみません」

蒼真は佳也子に軽く頭を下げると、里穂に「今日は遅くならないと思う」と声をかけて足早にショールームを後にした。

「本当に忙しそうね。雫は戻らなくていいの?」

佳也子に問われ、雫は「大丈夫」とあっさり答える。

「今日は部長の方から休んでもいいって言ってくれたし」

「そうなの?」

里穂が首をかしげる。

「お姉ちゃんから今日ショールームに行くって聞いて、私も行ってきたらって気にかけてくれたのよね。気配り上手な上司は最高でしょ」

「本当に最高ね」

佳也子は感心し、しみじみとつぶやく。

「私たちのことを考えて下さって、申し訳ないわね。里穂が蒼真さんのサポートができるように私もリハビリをもっと頑張って長くお店に立てるようにならなきゃ。杏華堂のような大企業の社長夫人なんて、片手間じゃできないものね」

「うん、わかってる」

社長夫人といえば杏を思い出すが、彼女の忙しさや社長を支える献身ぶりは想像以上だと結婚してから実感している。それに片手間でできないこともわかっている。

「頑張って蒼真さんを支えていかなきゃね。お店のことなら改装が決まってひと区切りついたし、私も頑張るから大丈夫よ。ね、雫」

佳也子は雫に笑顔を向ける。

「専属の皿洗いもいることだし、安心してよ。ね」

「なんの話？」

皿洗いが恭太郎のことだというのはわかるが、今ひとつピンとこない。

「ふふ、里穂には蒼真さんと仲良くしてほしいってことよ。でも、そんな心配いらないみたいね。ふたりはラブラブだもの。今日も私の方が照れちゃったわ」

「私は慣れちゃったけど」

呆れ顔で笑いながら、雫が言葉を続ける。

「この間会社でお店の改装の話になった時に、すぐには無理だけど費用はお返ししますって言ったら、気にする必要はないってばっさり。それにお姉ちゃんと結婚できたのが、よーっぽどうれしいみたい。よくお姉ちゃんが作るご飯は最高にうまいって惚気られるし。まさにベタ惚れだね」

それは雫の勘違いだ。そうでなければこの結婚に疑問を持っていた雫にそう思わせるようひと芝居打っているのかもしれない。

蒼真が結婚したのは常務の思惑を阻止し、そして雫と恭太郎を結婚させるため。

そこに溺愛どころか愛情が入り込むことはない。あるとすれば家族愛のようなもの。それだけだ。

とくに今は、麗美の件でこれまで以上に里穂を気遣っている。

それこそ昨夜、好きでもない里穂を抱いて慰めてくれるほど。

「だったら次はキッチンね。実は私、前から白いキッチンに憧れてるの。どうかしら」

「いいんじゃない？　賛成」

きゃっきゃと声をあげ盛り上がるふたりの幸せそうな笑顔を眺めながら、里穂は蒼真の気遣いと優しさに心から感謝した。

そして蒼真と結婚した理由を改めて思い返す。

そこに蒼真との愛情のやり取りは含まれていない。

里穂はともすれば頭に浮かんでくる蒼真の笑顔を脇におしやりながら、そのことを何度も心の中で繰り返した。

その後いくつか商品をピックアップし見積もりを出してもらったあと、ショールームを出た。

店は休業中で時間はあるので、三人で久しぶりにカフェに入り、おいしいコーヒーでも飲もうということになった。

「いつものシュークリームもおいしいけれど、このチーズケーキも負けてないわね。ニューヨークチーズケーキって、初めていただくわ」

店の看板商品だというチーズケーキに舌鼓をうちながら、佳也子がメニューに目を通している。

「そういえば、蒼真さんはチーズが好きって言ってたわね。お土産にどうかしら」

「今日はやめておこうかな。お土産には他に考えているのがあるから、それを買って帰ろうと思っていて――」

「ニューヨークっていってもチーズケーキどころじゃないよ。見て」

スマホを眺めていた雫が慌てた声でそう言って、スマホをテーブルに置いた。

「ニューヨーク？　え、爆発？」

ニュースアプリの画面に、ニューヨークの飲食店で爆発事故が発生したとある。

場所は飲食店が軒を連ねる大きな通りでオフィス街も近い。詳細は調査中とあるが、日本人が数人巻き込まれているようだ。

「被害が小さいといいわね」

佳也子が心配そうに画面を見ている。

「うちもガスの事故とか気をつけなきゃね。火事でも起こしたら大変。恭太郎にもちゃんと言っておこっと。まあ、恭太郎は意外に丁寧で慎重だから大丈夫かな」

「またそんなこと言って」

里穂は恭太郎をバイトのように扱う雫に苦笑した。

「あら、もうこんな時間なのね。夕方カラオケの集まりがあるから急がなきゃ」

のんびりチーズケーキを頬張っていた佳也子が、慌てて手を動かし始めた。

「私も。恭太郎とご飯を食べに行くの、忘れてた」

「忘れてたって、いつもそうなんだから」

どっぷり恭太郎に甘えている雫に呆れ、里穂もコーヒーを飲み干した。

カフェを出て佳也子と雫をタクシーに乗せたあと、里穂は以前から気になっていた場所に向かった。

そこは有名なハイブランドの旗艦店が軒を連ねる繁華街の中心にある、高級ホテル。

もちろん里穂にこれまで縁はなく、宿泊したこともない。

けれど人生はなにが起こるかわからない。十一月にはここで結婚式を挙げる予定だ。

「たしか、ワインのお店の隣にあったはず」

里穂はホテルのショッピングフロアに足を踏み入れ、目当てのチーズを探した。

結婚して知ったことだが、ワインを好む蒼真は、チーズに目がない。

中でも好きな種類があって、それがこのホテルで販売されている。

結婚式の打ち合せでここに来た時に蒼真が会話の流れでチラリと言っていたのを覚えていて、買いに来たのだ。

もともとそのつもりだったので、佳也子にチーズケーキをお土産に勧められてもやめておいたのだ。

「あった」

店を見つけた里穂は、いそいそと中に入っていった。

蒼真のお気に入りはフランス産のフレッシュチーズで、里穂も何度か口にしたが、バターのようにとろける口当たりのいいチーズだ。

チーズが入っている保冷バッグを手に、里穂は口もとを緩めた。

蒼真が引き受けてくれた店や自宅の改装費用にはまったく及ばないのはわかっているが、せめてお気に入りのチーズでワインを楽しんでほしい。

里穂は蒼真の喜ぶ顔を想像しながらホテルのロビーを歩いていた。

スマホで時刻を確認すると、そろそろ十八時。蒼真が早く帰れそうだと言っていたのを思い出して、足取りを速めた。

その時、ホテル入口の回転ドアから見知った顔が入ってきた。

「蒼真さん？」

ホテルに入ってきたのは、蒼真だ。

遠目にも美しいとわかる女性の肩を抱き、エレベーターに向かっている。

肩を抱かれた女性は蒼真に全身を預けるように寄り添い、気のせいか足もとがふらついているように見える。

うつむいていて顔はよく見えないが長身で手足が長く、白いジーンズとパーカーというラフな装いでもしっくり決まっている。

ふたりが乗り込んだのは、客室フロアへの直通エレベーターだ。

ということは、ふたりはここに食事に来たわけではなく、里穂のようにチーズを買いに来たわけでもない。

「どういうこと？」

里穂はふたりを乗せたエレベーターの扉が閉まるのを呆然と眺めた。

「やっぱり蒼真さんは姉のことが忘れられなかったみたいね」

聞き覚えがある毒を含んだ声が耳に飛び込んできて、里穂は一瞬で全身が強張るのを感じた。

「麗美さん」

思い切って振り返ると、予想通り、麗美が目の前に立っていた。

丁寧にメイクを施した顔はまるで人形のように整っていて、美しい。

身体にフィットしたニットのサマーセーターとタイトな白いジーンズが、彼女のスタイルのよさを強調していて、そこに高さ七センチはありそうなハイヒール。

全身に気を使っているのがよくわかる。

「私が言った通りでしょう？」

麗美はエレベーターを顎で示しながら、肩をすくめた。

その瞬間、昨夜投げつけられた言葉が蘇り、里穂はじりじりと後ずさった。

「あら、怖がらなくても大丈夫よ。バカじゃないから暴力に頼るようなことはしないって決めてるの。被害者面されて訴えられても面倒だし」

相変わらずの刺々しい言葉に、里穂は顔をしかめた。

「それより、今蒼真さんと一緒にいたの、私の姉よ。アメリカから帰国してる沙耶香」

里穂はハッとエレベーターに視線を向ける。もちろんふたりの姿は見えない。

「蒼真さん、わざわざ会社を抜けてまで姉を迎えに行くんだもの、やっぱり今も忘れられないみたいね」

麗美は大袈裟な口ぶりでそう言って、クスクスと笑い声をあげる。

「教えてあげましょうか？　夕方杏華堂の近くで蒼真さんを待ち伏せしてたら血相を変えた彼が飛び出してきたの。あとをつけたら近くのカフェで姉と待ち合わせしていてね、泣いてる姉をタクシーに乗せてここに来たってわけ」

なにが楽しいのか、麗美はひどく楽しげに語っている。蒼真との結婚を望んでいる口が言っているとは思えない言葉に、里穂は眉を寄せた。

「あんなに切羽詰まった蒼真さんの顔、見たことないわ。よっぽど姉のことが心配でたまらないのね。それにわざわざホテルに連れてくるなんて、絶対姉のことを忘れてないのよ」

まるでそれを喜んでいるような口ぶりに、里穂は違和感を覚えた。

「姉も後悔してるはずよ。両親に勘当されてるから帰国しても実家には帰れなくてホテル住まい。おまけに結婚相手は普通のサラリーマン。蒼真さんと結婚していれば今頃杏華堂の社長夫人として贅沢三昧《ぜいたくざんまい》だったはずなのに。存分に後悔すればいいのよ。だけどいまさら蒼真さんは渡さない。私が彼と結婚して見返してやるって決めてるんだから」

「麗美さん？」

独り言のようにぼそぼそと早口で言っていたせいでよく聞き取れなかったが、厳しい声と般若《はんにゃ》のような顔つき。まるで心の底から沙耶香を憎んでいるようだ。

「だからあなたの出番は終わり。蒼真さんはあなたのことなんて愛してない。姉のことを忘れたくて自棄になって結婚しただけなの。考えてもみなさいよ、あなたみたいな庶民が、杏華堂の御曹司に相手にされるわけないのよ」

「それは……」

里穂は言葉を詰まらせた。昨夜蒼真から聞いた話との違いに混乱している以上に、蒼真が里穂を愛していないという言葉が胸に突き刺さって言葉が出てこない。

「あら、ようやく目が覚めたのかしら？」

麗美は勝ち誇ったような笑みを浮かべ、里穂の顔を覗き込んだ。

「私なら蒼真さんと並んでもつり合うし、なんの問題もないけど」

「それは違うと……」

問題ならある。

里穂は顔を上げ、鼻先で笑っている里穂に問いかけた。

「蒼真さんは沙耶香さんのことを忘れていないって今言いましたよね。そのことは気にならないんですか？」

蒼真との結婚を望むのなら、沙耶香のことは気になるはずだ。

夫が自分を愛していないどころか自分以外の女性を愛しているなど耐えられない。

それを問題ないと笑い飛ばす麗美のことが、里穂には理解できない。

「あ」

里穂はハッとし口もとを歪めた。

それはまさに自分のことかもしれない。

蒼真は沙耶香は単なる友人だと説明していたが、沙耶香の肩を抱き客室へと向かう蒼真の真剣な表情を見た今、それを信じるのは難しい。

麗美が言うように、蒼真にとって沙耶香は今も忘れられない女性なのだろうか。

考えれば考えるほどその可能性が高いような気がして目眩すら感じる。

「どうでもいいのよ。誰を愛していようが、私が愛されてなくてもどうでもいい」

麗美のくぐもった声に里穂は顔を向けた。

「私は蒼真さんの妻になれたらそれでいいの。姉はアメリカの生活に苦労して後悔してるんだろうけど、いまさら遅いのよ。それに旦那から溺愛されていて離婚してもらえなそうだし。お見合いの話があった時にごねずに蒼真さんと結婚していれば誰も苦しまなかったのに。ふん、いい気味」

「麗美さん？」

狂気すら感じられる麗美の表情に、里穂は不安を覚えた。それは昨夜感じた恐怖とは桁違いの強さで、里穂は無意識に後ずさり、麗美との距離を取った。

一瞬蒼真に連絡してここに来てもらおうと考えたが、同時に沙耶香の顔が頭に浮かび、あきらめた。

「離婚したくても離婚できずに苦しむ姉を想像するだけでゾクゾクする。そのうえ自分が手放した蒼真さんと私が結婚したら、自分の人生を後悔して二度と日本にも帰ってこないかも。それこそ望むところ。あの人の顔なんて一生見たくない」

麗美は宙を見据え、きっぱりとそう言った。

沙耶香を憎み、見返したいようだが、いったいなにがあったのか、麗美のことがまるでわからない。

「ねえ、杏華堂の社長夫人って最高だと思わない？　一生楽しく暮らせるはずよね。あなたもそれが狙いだったんでしょう？」

「違います。蒼真さんには肩書き以上の魅力があります。それに社長夫人は楽しいことばかりじゃないんですよ」

里穂は語気を強めた。

杏華堂の社長夫人がどれほどの重責を担っているか、麗美は知らないのだろうか。

「片手間にはできない重要な立場なんです。それを軽々しく一生楽しく暮らせるなんて言わないで下さい。あなたに杏華堂の社長夫人は務まらないと思います」

ここは冷静にならなければと思いつつも、杏の苦労や努力を知っているだけに我慢できず、つい言い返してしまった。

「へえ。そういうことを言えちゃうんだ。調べたけど、あなた蒼真さんのお金で店を改装するみたいね」

麗美は表情を消し、里穂との距離をすっと詰めた。

「それは」

そこまで調べていることに、里穂は麗美の本気を感じた。本気で蒼真と結婚するつもりなのだ。

「おとなしい顔しておねだり上手なのはいいけど、結局それは手切れ金になりそうね。笑っちゃうわ」

「手切れ金なんて、いりません」

「ふん。どうでもいいけど、とっとと蒼真さんと別れてよ。姉に仕返しできる絶好のチャンスを邪魔しないで」

「仕返しっていったい」

悪意のある言葉の連続に不安を覚えながらも、それ以上に混乱していてなにをどう考えればいいのかわからない。

「蒼真さんの妻になるのは私よ。絶対にあきらめない」

強い口調でそう言い捨てた麗美は、里穂の反応を気にするでもなくさっさとホテルを後にした。

麗美が姿を消したあと、里穂も自宅に戻った。

蒼真と沙耶香のことが気になりロビーで待つことも考えたが、契約結婚の妻でしかない自分に蒼真の恋愛に口を出す資格はないのだと思い出したからだ。

頭に浮かぶのは、いたわるように沙耶香の肩を抱いていた蒼真の切迫した表情。沙耶香も躊躇なく蒼真に身体を預けていた。

ふたりは愛し合っているのかもしれない。そう思わずにはいられないほどの緊密な空気がふたりの間に漂っていた。

こんなことなら蒼真を好きにならなければよかった。それ以前に結婚の話を断っていればよかった。

家に帰ってからもずっと、頭の中をそんな思いがぐるぐる回っている。

その一方で、里穂や里穂の家族をとことん気遣い心を砕いてくれる蒼真の優しさを思い出すたび、事情があるのかも知れないと都合よく考えてしまう自分もいる。

『君を大切にするし、絶対に裏切らない』

結婚しようと切り出された時のあの言葉の意味は、いったいなんだったんだろう。

裏切らないというのは、浮気をしないという意味だと理解していたが、考えてみれば恋愛感情を介さないふたりの関係に浮気というシチュエーションが当てはまるのかは疑問だ。

だったら蒼真はどういうつもりでそんな言葉を口にしたのだろう。

考えれば考えるほど混乱してわからなくなる。

「蒼真さん……」

リビングのソファに浅く腰かけ、里穂はため息を吐いた。

この三日間で想定外のことがありすぎて受け止めきれない。

一昨夜蒼真に抱かれた身体は、今ではまるでなにもなかったかのように熱が冷めている。

ただ下腹部に感じる鈍い痛みと胸もとに残っている赤い華。蒼真に与えられたキスマークだけが一昨夜の交わりが夢ではなかったと教えてくれる。

気分を変えようとテレビをつけると、ニュース番組で女性アナウンサーがニューヨークの爆発事件がテロだったと伝えている。

巻き込まれた日本人五人が病院に搬送されたが、生死を含め詳細は確認できていないらしい。

爆破されたレストランの惨憺たる状況が画面に映し出された時、里穂は被害者の家族の心情を思い、画面を消した。

父が巻き込まれて亡くなった、高速道路の玉突き事故の現場の映像が蘇ってつらくなったのだ。

大型トラック三台を含む計八台の自動車が巻き込まれた玉突き事故は、死傷者合わせて十二人という大事故だった。

事故後数日は連日テレビで事故発生当時の映像が流れ、里穂も雫もそれを何度か目にした。

なんの前触れもなく突然家族を失った悲しみは、七年経った今も消えていない。

テロで被害に遭った人自身はもちろん、家族のためにも命が助かりますようにと、里穂は祈った。

「なにか作ろう」

なにも考えず料理に集中して気持ちを落ち着けて、頭の中をスッキリさせたい。

今日は遅くならないと言っていた蒼真の言葉を思い出し、里穂はそれに縋るような気持ちでエプロンを身につけた。

そして無心に作り上げた料理をテーブルいっぱいに並べ終えた時。

スマホが音を立て、メッセージの着信を告げた。

【トラブルで今日は帰れそうにないんだ。また連絡する。戸締まりに気をつけて】

「トラブル……」

蒼真は今もホテルで沙耶香と過ごしているのかもしれない。きっとそうだ。

張りつめていた糸が切れたように、里穂の身体から力が抜けていく。

里穂はラグの上にくずおれ、手にしていたスマホをローテーブルの上に無造作に放り出した。

そしてその晩、蒼真は帰ってこなかった。

第七章　愛してると伝えたい

翌朝、リビングから聞こえてきた物音で目を覚ました里穂は、急いでベッドから降り寝室を飛び出した。

昨夜は蒼真のことが気になりベッドに入ってもなかなか寝つけなかったが、明け方ようやく眠りについたようだ。

リビングを覗くと、蒼真がソファの背に身体を預け目を閉じていた。

声をかけようかどうか迷いながら、里穂はリビングに足を踏み入れた。

「蒼真さん？」

そっと声をかけると、蒼真はピクリと身体を震わせ、目を開いた。

「大丈夫ですか？」

目の下にクマを作り明らかに疲れている。里穂は蒼真の隣に腰を下ろした。

「今帰ってきたんですか？」

「ああ、悪い。起こしたな」

「そんなこと大丈夫です。それよりどうしたんですか？　昨夜はいきなり帰ってこないって……心配しました」

そう口にした途端、里穂は沙耶香の肩を抱き寄せエレベーターに乗り込んだ蒼真の姿を思い出した。

「里穂？」

「いえ、なんでもないんです」

昨日のことが気になりつい目を逸らした。

「昨夜は悪かった。もっと早く連絡できればよかったんだが……」

「蒼真さん？」

ふと蒼真の言葉が途切れ、里穂はためらいがちに視線を向けた。

切なげに顔を歪めた蒼真と目が合い、小さく息をのんだ瞬間。

「悪い。少しだけこのままで」

吐息交じりの苦しそうな声が聞こえたと同時に抱き寄せられて、蒼真の胸に顔を埋めていた。

「あの」

とっさに離れようとした里穂よりも早く蒼真の腕が里穂の背中に回り、さらに強く胸に押しつけられた。

「里穂」

蒼真は里穂がここにいるのをたしかめるように何度も名前を呼び、そして里穂の背中をなでている。

「どうしたんですか……んっ」

顔を上げると、待ち構えていたように素早く両手で頬を包み込まれ、唇が重なった。

なんの前触れもなく落ちてきた唇に里穂の心臓が大きく跳ねる。

「は……っん」

間を置かず蒼真の舌が里穂の唇を割り開き、当然のように口内に入って動き始める。

強引に舌を絡められる激しい口づけに、里穂は息を乱し蒼真の身体にしがみついた。

教えられたように自らも舌を絡め応えるものの、満足できないのか蒼真はさらに奥へと舌を押しつけてくる。

「そ、そうま……さん」

息が苦しくて呼吸ができない。けれどこのまま蒼真の熱に夢中になっていたい。

里穂は浅い呼吸を繰り返しながら、蒼真の舌を追いかけ自身の舌を絡め合った。

するとさらに奥まで蒼真の舌が差し入れられて、いよいよ頭の中が真っ白になる。

「……はっ」

息苦しさに我慢できず、里穂は思わず蒼真の胸を押しやった。

「はあ……はあ」

蒼真の胸に力なく頬を押しつけ、里穂は酸素を取り込もうと深い呼吸を繰り返した。

一瞬でキスに夢中になり、こうして息を乱している自分を見られるのは恥ずかしい。

「大丈夫か？」

吐息が触れるほど近くに顔を寄せて、蒼真が心配そうに眉を寄せた。

「平気です」

「ん……」

蒼真はそれ以上なにも言わず、里穂の顔を手の平でなで続ける。

相変わらず、里穂の存在がここにあるとたしかめているように。

「里穂」

合間に聞こえる蒼真の声がひどく切なくて、なにかあったのは間違いない。

長く胸にしまい込んでいた想いが沙耶香に届いて、ふたりの関係に変化が生まれたのかもしれない。

もしもそうなら、この結婚にも変化が必要になってくる。最終的には離婚という変化が。

「里穂」

沙耶香とのことで悩む蒼真を見ていられなくて、里穂は固く目を閉じた。

「蒼真さん、お聞きしてもいいですか?」

もともと事情が解決すれば離婚する前提だったのだ、蒼真が望むなら早い方がいい。

「私、実は昨日、結婚式を挙げる予定のホテルで蒼真さんを見かけたんです」

本当はそのことに触れたくない。けれどそれ以上に蒼真が苦しむ姿は見たくない。

「蒼真さんには大切にしていただいて、お店のことも妹のことも、本当にお世話になりました。感謝してます。だから今度は私が蒼真さんのためになにかしてあげたくて。もしも……もしも離婚したいなら、すぐにでも私は……え、蒼真さん?」

覚悟を決めて離婚と口にした時、蒼真の身体がぐらりと揺れて、そのままソファの上に勢いよく押し倒された。

ソファの上で蒼真の身体に覆い被さられた里穂の身体は、重みで身動きひとつ取れない。

「蒼真さんっ? あの、どうしたんですか」

声をかけてみても、蒼真は里穂の肩に顔を埋めたままピクリとも動かない。

「え、どうしよう」

里穂の呼びかけになんの反応も見せない蒼真に慌てて、必死で蒼真の身体から抜け出し起き上がる。

「もしかして、寝てる……？」

蒼真の口から規則正しい寝息が聞こえてきた。見れば背中も途切れることなくゆっくりと上下している。

「もう」

勇気を出して離婚を切り出したというのに、この様子だとその言葉は届いていない。身体から力が抜けていく。がっかりした反面、ホッとし、よかったと、安心しているのもたしかだ。

というよりも、安心している気持ちの方が大きいかもしれない。

里穂は苦笑し、蒼真の顔を覗き込んだ。

よほど疲れているのか里穂がソファから下りてもまるで気づかず眠り続けている。目の下のクマが痛々しくて、指先でそっと触れてみても同じ。穏やかな寝顔で気持ちよさそうに寝息を立てている。

里穂は寝室から持ってきたブランケットを蒼真の身体にかけた。

するとそれまで指先ひとつ動かさなかった蒼真の手が動き、里穂の手首を掴んだ。

「里穂……」

「蒼真さん？」

目が覚めたのだろうか。里穂は掴まれた腕と蒼真の顔を交互に見やる。

相変わらず閉じられたままのまぶた。そしてリズムよく繰り返される寝息。目が覚める兆しはまるで見えない。ただ単に、寝ぼけて里穂の手を掴んだようだ。

その手は眠くてぐずぐず言っている子どものように熱くて、里穂はクスリと笑った。

結局沙耶香のことも朝帰りした理由もわからないままだ。

もちろん気になるが、それは全部あとにしよう。今は眠くてたまらない。

「少しだけ」

里穂はそうつぶやくと蒼真の傍らに身体を滑り込ませ目を閉じた。

里穂が目を覚ました時、蒼真の姿はどこにもなかった。

それどころかいつの間にか寝室のベッドに運ばれていたようで、ベッドサイドのテーブルに蒼真が残したメモを見つけた。

【おはよう。会社に顔を出してくるが、夕方までには帰る。ごちそうさま】

里穂は男性にしては繊細で丁寧な文字で書かれたメモを何度も読み返した。

「ごちそうさま？」

里穂はきょとんとし、もう一度メモに目を通した。やはりわからない。寝ぼけていて行ってきますと書くつもりが間違えたのか、そんな感じだろう。

「本当、情けない」

里穂はため息とともに肩を落とし、ベッドに突っ伏した。

ほんの少しだけのつもりが、すっかり眠ってしまった。時計を見ると十二時を回っていて、五時間以上も寝ていたことになる。

それにしても、蒼真はあれほど顔色が悪く疲れていたのに今日も仕事だ。身体を壊さないか心配になる。

一瞬、仕事だと嘘をついて今日も沙耶香と会っているかもしれないと頭に浮かんだが、すぐにそれを打ち消した。

愛社精神に溢れなにより仕事を大切にしている蒼真が、その仕事を理由にして嘘をつくとは思えない。それは蒼真の信条に反しているような気がする。

もしも沙耶香と会うのなら、嘘などつかず、もしくはなにも言わずに会いに行くはずだ。

少なくとも今日は、メモに書いているとおり会社に顔を出しているはずだ。

だからといって、沙耶香のことがスッキリ解決したわけではないが……。

「とりあえず、なにか食べよう」

冷蔵庫を覗くと、昨日蒼真のために用意した料理が並んでいる。

「……ない？」

容器に詰めて手前に置いたはずのだし巻きが見当たらないことに気づき、里穂はキョロキョロと辺りを見回した。

すると水切り籠《かご》の中に綺麗に洗い終えた容器が置かれているのを見つけた。

それ以外に考えられない。いつ家を出たのかまったく気づかなかったが、蒼真は冷蔵庫にあるだし巻きに気づいて、全部食べて行ったようだ。

「蒼真さん？」

ごちそうさまというのはこのことだったのだ。

ひとりテーブルに着いてだし巻きを頬張る蒼真を想像すると、胸が温かくなる。

そして同時に、蒼真の気持ちはもう沙耶香に向けられているのかもしれないと、切なくなった。

その時リビングに放り出したままのスマホが音を立てた。

確認すると、杏の名前が表示されている。

「もしもし。お久しぶりです」

《里穂ちゃんこんにちはー。久しぶりね。今話しても大丈夫？》

杏の朗らかな声が聞こえてきて一瞬で気持ちが盛り上がる。

「大丈夫です。なにかありましたか？」

来週予定されている講習会の件かもしれないと思いながら問いかけると。

《突然で申し訳ないんだけど、今から空港に来てもらえるかしら》

意外な答えが返ってきた。

初めて訪れる空港ターミナルは想像していたよりも百倍広く、混雑具合もかなりのものだった。海外旅行の経験がない里穂にとってここは未知の世界。すでに海外のようだ。

スマホの地図で確認しながら指定されたカフェにたどり着き、中を覗いてみると、窓際の席に着いていた杏と目が合った。

「里穂ちゃん」

「遅くなってすみません。初めて来るので迷ってしまって」

手招く杏のもとに駆け寄ってすぐ、テーブルを挟み座っている女性に気づいた。

「え……どうして」

見覚えのある顔に、里穂は動きを止めた。

すると女性は立ち上がり、里穂に向かって深々と頭を下げた。

「初めまして。小坂《こさか》沙耶香と申します。お忙しい中お呼び立てして申し訳ありません」

里穂は目の前の女性、沙耶香を食い入るように見つめた。

少し垂れ気味の目が印象的な顔は、蒼真から見せてもらった台湾旅行の写真と変わっていない。ノーメイクでショートカットというのもそのままだ。

「妹が、麗美がご迷惑をおかけして、本当に申し訳ございません」

「いえ、それは……でも、どうしてここに？」

この状況が理解できず、里穂は助けを求めるように杏に顔を向ける。

「彼女は蒼真の叔父の奥さんの姪。ややこしいから親戚のお嬢さんでいいわ」

「はい……？」

里穂はぼんやり答えた。

親戚のお嬢さんがここにどうしているのかわからず、頭が混乱している。

「沙耶香ちゃんも里穂ちゃんも座りましょう。里穂ちゃん、お昼は食べたの？　ここのミックスサンドはなかなかよ。せっかくだから頼みましょうか？」

「はい、じゃあお願いします。あと、アイスコーヒーを」

里穂は沙耶香を気にしながら杏の隣に腰を下ろした。

考えてみれば、杏から電話をもらってすぐに家を出てここに来たので、今日は朝からなにも食べていなかった。

「里穂さん」

向かいの席に再び座った沙耶香が、神妙な顔をして里穂を見つめている。

「はい。あ、申し遅れました。桐生里穂です。初めまして」

軽く頭を下げながら、実は昨日蒼真と一緒にいるのを見かけていることを思い出して、わずかに口もとが歪んだ。

「こちらの都合に合わせて急に来ていただいてすみません。実はこのあとの便でアメリカに戻るので時間がなくて……。こちらからお伺いするべきなのにすみません」

「大丈夫です。それより、あの、どうして私がここに呼ばれたのかわからなくて」

「実は今朝、妹から電話があって、昨日私と桐生君のことでありもしないでたらめを言って里穂さんに桐生君と離婚するように迫ったと聞いて……本当にすみません」

沙耶香は絞り出すような声で謝罪しテーブルに額がつくほど頭を下げた。

「昨日、桐生君と私がホテルで一緒にいるところを見かけたそうですね。でも里穂さんが悲しむようなことはなにもありません。昨日は私……」

沙耶香は頭を下げたまま、突然黙り込んだ。

見ると肩を震わせ、しゃくり上げている。

「沙耶香さん？」

里穂は慌てて声をかけた。

「沙耶香ちゃん、もう大丈夫なんだからしっかりしなさい」

杏のピシャリとした声に沙耶香は顔を上げ、頬に流れている涙を手の甲で拭う。

「ごめんなさい。ホッとしたら涙が止まらなくて」

沙耶香は涙で濡れた目を細め、小さく笑った。

「昨日ニューヨークで起きたテロ事件で日本人が巻き込まれたことはご存じですか？

そのうちのひとりが私の夫なんです」

里穂は息をのみ込んだ。

「昨日、会社から連絡があって。その時は生きているのかどうか、状況がなにもわからなくて動転してしまって、杏おば様に連絡したんです。両親に勘当されているので他に頼れる人が思い浮かばなくて」

「沙耶香ちゃんが連絡をくれた時、私北海道《ほっかいどう》にいたの。だから蒼真に電話してすぐに沙耶香ちゃんのところに行くように言って、ホテルまで送らせたのよ。私もすぐにこっちに戻ってきて、沙耶香ちゃんが泊まってるホテルに駆けつけたのよ。昨日ほど飛行機の移動が遅いと思ったことなかったわ」

「あの」

ふたりの話に耳を傾けていた里穂が、声を挟んだ。

「旦那様は大丈夫なんですか？」

「はい。おかげさまで大丈夫です。さっき本人から電話があって、話せました。逃げる時に足を捻挫した程度で大丈夫だと……」

沙耶香はそう言って、目尻から次々と流れ落ちる涙を手の甲で乱暴に拭う。

笑顔を見せているが、肩は小刻みに揺れたまま。

よほど夫のことを心配していて、無事がわかった今もまだ、緊張が完全に解けていないのかもしれない。

「よかった」

無事だと聞いて里穂もホッとし、肩を落とした。

「昨日、桐生君には助けられました」

思い返すように、沙耶香が口を開いた。

「動揺している私を励ましてくれたり、知り合いの政治家の方を通じて外務省に状況を聞いてもらったり。でも、それだけです。妹が言っているようなことはなにもないので、安心して下さい。それにあの子……妹も桐生君と結婚すると言っているようですけど、彼のことが好きなわけじゃないので、気にしないで下さい」

途中、目尻に残る涙を指で拭いながら、沙耶香が言葉を続ける。

化粧っ気のない彼女の顔はどちらかというと童顔で、綺麗というよりは愛らしいという印象だ。

蒼真たちとの卒業旅行で台湾に行った時の沙耶香の写真を見たが、当時と変わらないショートヘアだからか全然変わっていない。それどころか若くなっている。

アメリカでの暮らしが充実していて、夫との暮らしを楽しんでいるのがわかる。

麗美が吐き捨てるように言っていた内容との違いに驚くと同時に、蒼真と沙耶香との間になにもないとわかって安心した。

昨日は離婚を切り出すほど思いつめたが、蒼真に聞かれなくてよかった。

「蒼真が里穂ちゃん以外の女性となにかあるわけないわよ」

杏がコーヒーを口に運びながら、笑顔を見せる。

「沙耶香ちゃんもそう思うわよね」

「それは、たしかに」

　杏と沙耶香が顔を見合わせ笑い声をあげる。

「夫の無事がわかった時、私ホッとして大泣きしたんですけど、桐生君も大切な人ができたから私の気持ちはよくわかるって、苦しそうに言ってました」

　思い返すように、沙耶香が口を開く。

「昔から感情を顔に出さないあの子のつらそうな顔。もう、びっくり。相当里穂ちゃんに惚れてるわね」

　ひとり納得している杏に、里穂は目を瞬かせた。

　感情を抑えがちなところはたしかにそうだが、惚れているというのは違うような気がする。

「それにね」

　沙耶香がそれまでの控え目な様子から一変、テーブル越しに身を乗り出し話し始めた。

「もしも里穂さんがテロや事故に巻き込まれたらと考えるだけでどうにかなりそうだって、声も震えていて。いつも落ち着いていてなにを考えているのかわからない桐生君が言ってるとは思えなくて。本当に驚いたんです。里穂さんのことがすごく大切なんだってすぐにわかりました。間違ってないわよね、桐生君？」

沙耶香は意味ありげに笑って、里穂の背後に視線を向けた。

つられて沙耶香の視線を追い振り返ると、蒼真が立っていた。

麻のセットアップのジャケットを手に、急いで来たのか軽く肩を上下させている。

「たしかに間違ってないな。俺は里穂に相当惚れてる。もしも俺のそばからいなくなったらと考えるだけで苦しくなるくらい、どっぷり惚れてる」

平然と語る蒼真の力強い声に、里穂は全身が熱くなるのを感じ、見ると杏と沙耶香は蒼真を見上げぽかんとしている。

すると表情を変えるでもなく淡々と蒼真は再び口を開いた。

「沙耶香、時間は大丈夫なのか？」

「あ、う、うん。そろそろ行かなきゃ。おば様も急いだ方が」

我に返ったように、沙耶香は手もとに置いていたスマホをバッグに放り込む。

「あら、もうこんな時間だったのね」

慌てて立ち上がる沙耶香に続いて、杏も傍らのバッグを肩に掛け席を立つ。

「あの、杏さん？」

「呼び出しておいてごめんなさいね。私もこれから講演会で福岡に行くのよ」

杏は口早にそう言うと、蒼真に向き合いニッコリ笑った。

「思ったよりも早く来たのね。じゃあ、里穂ちゃんのことよろしくね」

「言われなくても」

蒼真は当然だとばかりに答えると、ふたりのやり取りが理解できずにいる里穂に優しく微笑んだ。

「桐生君、色々ありがとう。力を貸してくれた議員さんにも、今度帰国したらお礼に伺うって伝えておいてね。とにかく、本当にありがとう」

蒼真の傍らに立ち、沙耶香は深く腰を折った。

白く色が変わるほど強く握っている手を見ると、今も動揺が残っているのがわかる。

もしも蒼真が同じようにテロに巻き込まれたら。

想像するだけで胸が痛い。里穂も白く色が変わるほど強く、両手を握りしめた。

「礼ならいい。それより早く行った方がいいんじゃないか？　乗り遅れたら旦那に会うのが遅くなるぞ」

「そうだね。じゃあ、ここで」

沙耶香は荷物を手に里穂に向き合った。

「今日はわざわざ来ていただいてありがとうございました。それに妹のことで面倒をおかけしてすみません。私からも彼女にはきつく言っておきます」

沙耶香はそう言って何度も頭を下げ、杏と連れだって店を後にした。

「コーヒーだけ、もらっていいか?」

蒼真は里穂の隣にどさりと腰を下ろし、ホッと息を吐いた。

「もちろんです。それにこれもどうぞ」

里穂はまだ手をつけていないミックスサンドを差し出した。

どうしてここに蒼真が現れたのかわからず混乱しているが、ここ数日のまさかの連続に、感情が麻痺《まひ》したようだ。理由など二の次で、ただこうして蒼真と一緒にいられるだけで十分だ。

「うまそうだな。里穂のだし巻きには敵わないだろうけど」

ミックスサンドを前に、蒼真はいたずらめいた笑みを浮かべる。

「そういえば」

冷蔵庫から消えていただし巻きを思い出し、里穂は蒼真に視線で問いかけた。

蒼真は小さく肩をすくめると。

「ごちそうさま」

少し気まずげに、それでいて幸せそうに笑った。

「お仕事は大丈夫なんですか？　忙しいのに迎えにきてくれてありがとうございます」

助手席から声をかける里穂に、蒼真は視線を前に向けたまま「問題ない」と苦笑しながら答えた。

今朝里穂に電話をかけた時に蒼真が出勤していると知った杏が、昨夜も里穂をひとりにしていたのにと怒り、空港に里穂を迎えに来るよう蒼真に命じたそうだ。

「今日でひと区切り。しばらくは休日出勤もないと思う。昨夜も今日も、ひとりにして悪かったな」

「それは全然大丈夫です。昨日は寂しいというか、色々気になって眠れなかったんですけど」

沙耶香とのことでモヤモヤしていたことを思い出して、苦笑する。

「誤解させて悪かった。まさかホテルに里穂がいるとは思わなかった。それに、麗美さんと顔を合わせて怖かっただろう？　大丈夫だったのか？」

「大丈夫です。さすがに色々言われて動揺しましたけど。でも、それは全然大したことないんです」

里穂がひとり悶々《もんもん》としていた昨夜、沙耶香は夫の安否がわからず苦しんでいた。

その苦しみを想像すると、勝手に誤解してひとり落ち込んでいた自分の悩みなど大したことないと思えて恥ずかしくなる。

それに。

「蒼真さんたちを見かけた時に、麗美さんの言葉に踊らされて誤解せずに声をかければよかったんです。沙耶香さんに食事の用意をするくらいのことはできたはずだし。なにもお手伝いできなくて、すみません。蒼真さんのためならなんでもすると思ってるのに、役立たずですね」

昨日から明け方まで、沙耶香と蒼真、そして杏はホテルの部屋に詰め、沙耶香を気遣いながら交流がある議員やアメリカの知人を通じて情報収集をしていたらしい。

そうとも知らず、ひとり勘違いして鬱々《うつうつ》としていた自分を叱り飛ばしたい。

「なに言ってるんだよ」

蒼真は大通りを左折し繁華街近くのパーキングに車を止めた。

「もしも里穂が俺以外の男とホテルにいるのを見たら、俺だって誤解するはずだ。いや俺ならその男を殴ってでも里穂を奪い返しに行く」

大きく顔を歪め、蒼真は語気を強めて言い放つ。

普段の落ち着いた蒼真とはまるで違う荒々しさに、里穂は声を詰まらせた。

「まあ、昨日までの俺ならこんなこと絶対に言ってなかったな。思っていても口には出せなかった」

蒼真は一度言葉を区切り、まっすぐ里穂を見つめた。

「里穂から、常務に愛しているなんて嘘を言ってしまったと謝られて……離婚するまで妻としての役割を果たすと言われて。好かれている自信が持てなかった」

表情を和らげた蒼真に、里穂も詰めていた息を吐く。

「だけど、旦那を心配して苦しんでる沙耶香を見たら、怖くなったんだ。いつ大切な人が目の前からいなくなるかわからない。だから伝えられる時に気持ちを伝えておかないと、あとで後悔する」

蒼真は込み上げる想いを吐き出すようにそう言うと、シートベルトを外し、身体ごと里穂に向き合った。

「里穂」

真摯な気持ちが滲む声で名前を呼ばれ、里穂の心臓がトクリと音を立てる。

すると蒼真は里穂のシートベルトを外し、里穂の手を両手で握りしめた。

「俺と本当の結婚をしてほしい。愛してるんだ。恋愛に慣れてない里穂を混乱させたくないと思って言わずにいたが、好きなんだ。愛してる」

熱が籠《こ》もった蒼真の言葉が、静かな車内に響く。

「蒼真さん」

初めて好きと、そして愛してると言われて、胸がいっぱいでなにも言えなくなる。

初めて見る蒼真の蕩けるような甘い表情に、目の奥が熱い。

「里穂の家族思いなところも、自分を犠牲にしてでも大切なものを守ろうとする強さも、なにもかも愛してる。これからも俺と一緒にいてほしい」

里穂の瞳からぽろぽろと涙がこぼれ落ちる。

「まだ足りない？」

蒼真は声を詰まらせている里穂の顔を覗き込む。

その顔が少し赤くなっているように見えるのは、気のせいじゃないはずだ。

伝えられる時に気持ちを伝えようと、照れながら想いを伝えてくれている。

「足りないなら、まだ続けようか。俺がどれだけ里穂を愛しているか――」

「結婚して下さい」

たまらず蒼真の首にしがみついて、里穂は想いを吐き出した。

「結婚して下さい。本当の結婚です。この先私が蒼真さんのそばにずっといられるように、本当の妻にして下さい。あ……愛してます」

言いたくても言えなかった言葉が次々と口を突いて出る。

蒼真は里穂の背中に手を回し、彼女の存在をたしかめるように何度も上下させる。

そういえば、と思い出す。

今朝も蒼真は里穂がここにいるのを確認するように何度も名前を呼び、背中をなでていた。

「里穂」

愛おしげにそう呼ばれて、里穂は大きくうなずいた。

今ならわかる。昨夜ひと晩、沙耶香の夫を想い苦しむ姿を見ていて、里穂の存在をたしかめずにはいられなかったのだ。

里穂はさらに強く蒼真の身体にしがみついた。

すると蒼真は里穂の身体を引き離すと、触れ合うだけのキスを落とした。

そして蒼真は里穂の手を取り視線を合わせた。

「本当の夫婦の証、選びに行こうか」

色気のある眼差しに、里穂はコクリとうなずいた。

本当の夫婦の証。

ふたりで選んだ結婚指輪は、抑制が効いたプラチナの輝きの中、ひと粒のダイヤがひっそりと添えられた上品なデザイン。

サイズ直しと刻印を依頼する蒼真の幸せそうな横顔を見ながら、里穂は本当の夫婦として蒼真のそばにいられる喜びをかみしめていた。

第八章　それぞれの新しい光

いよいよさはらの改装工事が終わり、来週からの営業再開を決めた。

内装や外装、ともに一新されたのはもちろん、気がかりだった耐震性能が強化されたことがなによりうれしい。

年配客が多いので非常時に客たちを守れるかどうか、里穂はずっと不安だったのだ。

「わー冷蔵庫大きい。これってお店でよく見る業務用？　あ、このオーブンも。すごく使いやすそう」

雫は店のあちこちを確認しながらはしゃいでいる。

すでに新しい調理器具や電化製品も搬入されていて、大きな吊り戸棚には、蒼真が千堂から購入した食器もずらりと並んでいる。

蒼真は今ふたりから離れ、テーブル席でタブレットを眺めている。

それは先週開催されたメイクの講習会の映像で、里穂が花音にピアノを教えている様子を何度も見ているのだ。

『俺、ピアノを弾いている里穂が、本当に好きなんだ。いくらでも見ていられる』

最近は多少慣れたが、沙耶香の夫の件があって以来、蒼真は恭太郎にも呆れられるほど想いを隠さず口にするようになった。

愛してる人が一生をかけて伝えられる以上の回数を、この二カ月で言われているといってもいいくらいだ。

そして蒼真と同じくらい、里穂もその言葉を返している。

「久しぶりの豚汁、やっぱりうまそう」

「だよねー。私も最近お姉ちゃんに教わって修行中。まだまだ敵わないけどねー」

調理場から雫と恭太郎の朗らかな声が聞こえてきた。

使い勝手を確認するために、今日はとりあえずご飯を炊き、豚汁とだし巻き、そして鮭を焼いている。結果、問題なく来週のオープンを迎えられそうだ。

それにしても、と里穂は身につけた真新しいエプロンを眺めながら苦笑する。

ふたりが里穂に内緒でデザインしたささはらのロゴ入りエプロン。

紺地に白い文字が鮮やかでぱっと目を引き、里穂も気に入っている。

とはいえふたりにはふたりの生活がある。

もちろん感謝しているが雫を気遣って店を手伝う必要はないと、考えている。

おまけに年明けの入籍を前に、ふたりは来週からこの家の二階で同居を始めるのだ。

里穂が結婚したのでそろそろ近いだろうと予想していたが、まさかここで暮らすとは思わなかった。

恭太郎の実家は兄がいずれあとを継ぎ、姉は弁護士として活躍している。恭太郎は結婚も仕事も自由にしていいと言われていて、雫も恭太郎の家族にかわいがられていて安心だ。

それに恭太郎の姉からは今後ささはらの顧問弁護士として相談に乗るとまで言ってもらえていて、うれしいことばかりが続いている。

ただ、想定外だったこともある。

「お義母さんって、今日はリハビリ？」

恭太郎の問いに、雫がうなずいている。

「お店が新しくなって動きやすくなったから、頑張ってお店に立つって張り切ってるの。だからリハビリにも熱が入ってるみたい。無理はしてほしくないんだけどね」

苦笑する雫に、里穂もうなずいて見せた。

「ひとり暮らしも始めるから心配よね」

そう。佳也子は仮住まいのマンションにそのまま住めることになったのだ。

この状況になって蒼真が打ち明けてくれたのだが、仮住まいのマンションは蒼真が所有している物件で、投資で得た利益で購入して一年、空き室のままだったそうだ。

足にハンディがある佳也子に、階段がないマンションはそれだけで住みやすい。

そのことを察した蒼真の配慮で、佳也子のひとり暮らしが決まったのだ。

その時、玄関の扉が開く滑らかな音が店内に響いた。

「すみません、今日はまだ営業していないんです……え？」

カウンターを拭いていた里穂は、顔を覗かせた女性の姿に目を見開いた。

あの日ホテルで声をかけられて以来顔を合わせることがなかった麗美が立っている。

里穂は店に危害でも加えられないかと緊張し、表情を強張らせた。

「私を散々な目に遭わせておいて、店のオープン？　調子に乗りすぎじゃないの？」

麗美は毒々しい言葉を吐きながら店に入ってきた。

以前は長かった髪を肩の辺りで揃えていて、メイクはあっさりと済ませている。

それに装いはベージュのパンツスーツだ。イメージの変化に違和感を覚えていると。

「あなたがいなかったら私が蒼真さんと結婚して姉を見返してやれたのに。姉より幸せになって見せつけて、逃げ出したことを後悔させるつもりだったのに」

変化は見た目だけだったようで、口から出る言葉は相変わらず刺々しい。

すると麗美は里穂を守るように寄り添った蒼真に向けて舌打ちをし、顔をしかめた。

「それになんの恨みがあるのか知らないけど、あれだけの長い付き合いだったうちの会社もばっさり切ったのよね。おかげでリストラの話が出るほど売上げが落ちて大変なのよ」

「ばっさり切ったわけじゃない。取引高が減っただけで、付き合いは続いている。誤解しないでほしい」

きっぱりと言い放つ蒼真に、麗美はさらに顔を歪める。

「ふん、そんなこと言ってるけど、そのうち完全にうちを切るんでしょう？　言っておくけど、うちより質が高い顔料を供給できる会社は少ないわよ。うちを切ったら絶対に後悔するから」

やはり、以前とは違う。

里穂は麗美の様子に違和感を覚え、まじまじと見つめた。相変わらずの毒舌で棘《とげ》だらけ。思わず耳をふさぎたくなる言葉ばかりを口にしているが、なにかが違う。

「申し訳ないが、そういう話なら時間をつくるから会社に来てくれ。とりあえず今日は名刺だけいただいておくよ」

「なっ、なによ」

蒼真の落ち着いた声に反応して、麗美は顔を真っ赤にし、大声をあげた。

「名刺ならいくらでもばらまいてやるわよ。本当なら姉が会社を背負って苦労するはずだったのに。全部私に押しつけて逃げ出すなんて最悪よ」

「だったら君も逃げ出せばよかったんだ」

「は？」

麗美は赤い顔を蒼真に向け、睨みつける。

「あの時、沙耶香は必死だった。恋人のアメリカ赴任が決まったうえに俺との見合いの話が持ち上がって。日程がタイトだから父親に内緒で急いで進めるしかない。君への罪悪感はあったが、君なら自力でなんとかできると信じているようだった」

「なによ、それって結局私に面倒を押しつけてあとはどうにかしてねってことでしょう？　やっぱりあの人のことは一生許さない」

「麗美さん……」

蒼真が今口にしたことを、里穂は沙耶香がアメリカに帰った日に簡単に聞いている。

沙耶香と麗美の父が、家業を第一に考え娘ふたりを会社の発展に有利な相手と結婚させようと躍起になっていたことも。

沙耶香がアメリカに渡ったあと、麗美は当時付き合っていた恋人と別れさせられて父の監視下に置かれるようになったことも。

そして麗美が沙耶香への復讐だけに生きるようになったことも。

「まあいいわ。姉は相続放棄を済ませて二度と日本に戻らないらしいから、最初からいなかったと思うことにする」

麗美は一度口を閉じると、ポケットから名刺を取り出しカウンターの上に置いた。

「社長夫人より社長の方がカッコいいって気づいたのよ。言っておくけど、私薬学部の院を出てるの。クレバーな美人社長って最高。いつか杏華堂が取引をしたいって頭を下げるくらいに会社を大きくするって決めたの。でも、その時はバッサリ切ってやる。今から楽しみ」

言いたいことを言って気が済んだのか、麗美は最後に蒼真と里穂を睨みつけたあと店を出ていった。

「さあさあ、おいしい豚汁が温まりましたよー」

カウンターの向こうから、恭太郎の呑気な声が聞こえてきた。

「あ……ありがとう」

脳天気な恭太郎の声に、緊張していた身体から力が抜けていく。

麗美が抱える苦しみを多少知ったとしても、あの刺々しい物腰にはこの先も慣れそうにない。

「エスディー製薬代表取締役副社長」

麗美がカウンターの上に残した名刺を手に、蒼真がつぶやいた。

「副社長？」

名刺を見ると、たしかにそう書かれている。

「社長が無理矢理役職をつけて入社させたらしい。沙耶香みたいに逃げ出せないように手を打ったってことだな」

「それもいいんじゃないか？　クレバーな美人社長を目指してるみたいだし、彼女なら早々になってそうだし」

「それはそうかも」

恭太郎の言葉に、里穂はうなずいた。

これまでと違うあっさりとしたメイクと落ち着いた色合いのパンツスーツ。髪もばっさり切っていて、すべてオフィスにぴったりの装いだった。

それもしっくりと彼女になじんでいて、よく似合っていた。

彼女が自分の状況を受け入れて仕事に取り組んでいるということかもしれない。

「彼女、噂だとかなり頑張ってるらしい。営業でもかなり結果を出していて新規開拓も効率よく進めてるって話だ。そのうち本当にうちが頭を下げることになるかもな」

「それはどうかなー」

料理をカウンターに並べながら、恭太郎が声を挟む。

「エスディー製薬から仕入れていた原料、『金森化学《かなもりかがく》』から仕入れることになったんだろ？　業界トップのそっちの方が安定してるしなにより質もいいし。エスディーが復活するのは相当難しいな、うん」

「それってお姉ちゃんのお手柄だしね」

雫の言葉に恭太郎が「そうそう」と大袈裟に相づちを打っている。

「私のお手柄じゃないわよ。たまたま縁があっただけでしょう？」

里穂は慌てて否定する。

そのことに関しては、蒼真だけでなく蒼真の父にも必要以上に感謝されていて居心地が悪い。

詳しい事情は聞いていないが、杏華堂は現在化粧品原料の調達先の見直しを行っていて、これまでエスディー製薬一社が独占していた原材料についても別の調達先を探していた。

ただ、品質とコストで折り合う企業を見つけられず困っていた時、突然取扱高トップの金森化学から取引の相談があった。

それも社長から直接連絡が入り、蒼真も蒼真の父もかなり驚いたらしい。

急遽、蒼真を交えた両社の上層部が顔を合わせたが、実は金森化学の社長は花音の祖父で、娘である花音の母がメディカルメイクによって明るく変化したことに感動し、杏華堂に興味を持ったそうだ。

それをきっかけに蒼真はメディカルメイクの今後の方向性や社会貢献の意義、そして会社の今後の展望などを説明した。

それに感銘を受けた社長が協力を申し出て、早々に原料調達の契約が結ばれた。

すべての手続きが完了したあと、社長は溺愛している花音がいつも『里穂ちゃん大好き』と言っているので、花音を喜ばせたくて杏華堂に協力しようと決めたと、冗談交じりに言っていたとも聞いている。

「花音ちゃんと仲がいい里穂さんのお手柄。エスディー製薬よりも質が高いし安定してる。本当、最高の契約なんだよね」

「私のおかげなんて、違います。もともと杏華堂の信用と実績があったからで――」

「いや、たしかに里穂のおかげで契約ができたんだ。本当に感謝してるしこの契約の実質的な立役者は里穂。俺の大切な自慢の妻だ」

〝伝えられる時に気持ちを伝えておかないと、あとで後悔する〟

順調に実践し続ける蒼真を、恭太郎と雫がニヤニヤしながら眺めている。

「ああ、物足りない？　だったら俺が誰より愛する大切な自慢の妻。でいいか？」

真面目な表情で尋ねる蒼真に、里穂は顔を真っ赤にしながらも。

「誰より愛する大切な自慢の生涯の妻、がいいかもしれません」

あとで後悔しないように、そう伝えてみた。

エピローグ

ささはらがリニューアルしてから初めてのクリスマス。

常連たちが大勢駆けつけたパーティーが終わり、里穂は蒼真と店を後にした。

ひととおりの片付けは終えたが、店中に施した華やかな装飾はそのままだ。

もちろん気になるが、雫が恭太郎とふたりでのんびり片付けると言ってくれたので、甘えることにした。

ふたりが店の二階で暮らし始めてから里穂の負担はぐっと減り、反対に蒼真と過ごせる時間はかなり増えている。

それというのも雫も恭太郎も店の仕事に専念すると決め、来年の三月で杏華堂を退職すると決めたからだ。

今から店の仕事全般を学びたいと言って里穂に弟子入りし、料理はもちろん店の経営についても貪欲に学び始めている。

恭太郎は退職後に調理師の免許を取るため専門学校に入学することが決まり、ささはらの大将になるという夢に向かって邁進《まいしん》中だ。

「里穂はそれでいいのか？」

手をつなぎ大通りに向かって歩きながら、蒼真が里穂に問いかけた。

住宅街のあちこちにクリスマス仕様のイルミネーションが輝いていて、どれも個性豊かで見ているだけで楽しい。

里穂は一つひとつ眺めながら「私がそうしたいんです」と答えた。

「それに恭太郎君が調理師免許を取るまでは店に残るから、まだしばらくは杏さんのお仕事のお手伝いと並行して頑張るつもり」

「里穂が納得しているならそれでいいが。母さんに強引に誘われて、渋々うちの仕事を手伝うんだったら――」

「渋々じゃないから安心して下さい。何度も言ったと思いますけど、私自身が杏さんの仕事を手伝いたいと思ったから決めたんです」

里穂は深夜の静かな空気を揺らさないよう声を潜めながらもきっぱりと告げた。

「蒼真さんのお仕事のサポートもできるので楽しみなんです。メディカルメイクの発展のお手伝いができるなんて、本当にうれしいです」

つい声を弾ませる里穂に、蒼真はようやく安堵《あんど》の笑みを浮かべた。

「ありがとう。本当は俺も結構……いやかなりうれしいんだ。まさか里穂がうちの会社で働き始めるとは思わなかったし」

「ですよね。私もびっくりしてます。とはいっても今はまだバイトですけど」

里穂はふふっと笑い、つないだ手に力を込めた。

杏からメディカルメイクの仕事を本格的に手伝ってみないかと声がかかったのは一カ月ほど前。

講習会の開催を全国に広げることになり、里穂にもこれまで同様会場でのサポートをしてほしいと頼まれたのだ。

今までと違うのはボランティアではないので報酬が支払われ、これまで以上に音楽による心の治療を推進してほしいということだった。

もちろん子どもたちの参加があればそちらの面倒も見ることになる。

『是非やらせて下さい』

快諾した里穂を、蒼真はもちろん雫たちも応援しサポートしてくれている。

今は月に一回か二回程度だが、恭太郎と雫に完全に店を任せられるようになったタイミングでどっぷり杏のもとでメディカルメイクの発展のため力を尽くそうと決めている。

「蒼真さんが社長になった時、恥ずかしくない自分でいたいんです。もちろんささはらの女将も誇りを持ってやってきましたけど、蒼真さんの近くで一緒に頑張れると思うとすごく力がわいてくるというかワクワクします」

雫と恭太郎がふたりで店を切り盛りするという夢に向かっているように、里穂も蒼真と同じ方向を向いて一緒に頑張ってみたい。

「俺の妻は本当に最高だな」

蒼真は里穂の肩を抱き寄せしみじみとつぶやいた。

「いや、俺の綺麗な妻は本当に最高で、本当は誰にも見せずに独り占めしたいほど素晴らしい女性なんだ」

大通りが近づき人通りが増えてきたタイミング。蒼真は里穂の耳に唇を寄せささやいた。

「右に同じです」

里穂はクスクス笑いながら、蒼真の背中に腕を回ししがみついた。

「なんだよそれ。右に同じって」

蒼真も肩を揺らしながら、拗ねた口ぶりでそう言った。

「あれこれ誉めてもらえるのはうれしいんですけど、長くて全部覚えられません」

里穂は肩をすくめ、蒼真を見上げた。

「だったら、これなら覚えられるよな」

蒼真は意味ありげにそう言ってニッコリ笑うと。

「里穂、愛してる」

熱い吐息とともにささやいて、里穂の唇にキスを落とした。

完

特別書き下ろし番外編

愛すべき小さな王子様とお姫様

「今日もご機嫌ね」

里穂はベビーカーの中で「むー」や「うー」と声を出しながら笑顔を見せる長女・杏美《あずみ》をあやしながら頬を緩ませた。

先週、お食い初めを無事に済ませた杏美は、日に日に動きも大きくなり表情が豊かになっている。意志が強そうな大きな目や形のいい鼻は蒼真譲り。

親バカだとわかっていても、絶えずスマホを向けて写真を撮りたくなるほど整った顔立ちは将来美人になるとしか思えない。

今も杏がプレゼントしてくれた赤いカバーオールがよく似合っていて、いつまでも眺めていられそうなほどかわいい。

「気持ちいいね」

十月に入って過ごしやすい日々が続いているせいか、自宅近くの公園には多くの親子連れが訪れている。広い園内には遊具も多く、日曜日の今日は小さな子どもたちの明るい声があちこちで響いている。

最近は里穂も気分転換を兼ねて杏美と一緒によく来ていて、今もお気に入りのベンチに腰を下ろしのんびり過ごしている。

「里穂」

優しい声が聞こえ顔を向けると、噴水の向こうから蒼真が手を振っている。

上下黒のスウェット姿で足もとは白いサッカーシューズ。

スーツ姿はもちろんよく似合うが、スポーツを楽しむ蒼真も生き生きしていてカッコいい。結婚して六年が経った今もまだ、つい見とれてしまうほどだ。

「お帰りなさい。今日も暑かったでしょう?」

立ち上がり手を振り返すと、傍らに止めていたベビーカーの中で杏美も手足をバタバタさせ笑い声をあげる。

杏美にも蒼真の声がわかったのかもしれない。

里穂のお腹の中にいる時から絶えず蒼真から声をかけられ溺愛され続けているのだ。

それも当然だと里穂は苦笑する。

「あずちゃーん」

もうひとり、蒼真に負けないほど杏美をかわいがり愛情を注ぐ小さなイケメンが全力で走り寄ってくるのが見える。

「愁真《しゅうま》、転ばないでね」

蒼真から離れ里穂たちのもとに走ってくる長男・愁真を、里穂はひやひやしながら見守る。

五歳にしては背が高くスラリとしている愁真はどちらかといえば里穂に似ている。落ち着いた雰囲気で一見人見知りしそうなタイプに見られがちだが、笑うと途端に印象が変わり人懐こくかわいらしくなる。

幼稚園では先生たちから「小さな王子様」と呼ばれるほどかわいらしさ全開のイケメン君だ。

「ママ、あずちゃん起きてる？」

愁真は里穂のもとに到着するや否やベビーカーを覗き込むと、杏美に向けて蕩けるような笑顔を向ける。

「あずちゃん、ただいま。お兄ちゃんだよー」

「うー」

愁真の呼びかけに、杏美もうれしそうに答える。

「ママ、あずちゃん起きてる。よかった」

「愁真に会いたくて起きて待っていたんじゃない？」

里穂はそう声をかけ、蒼真とお揃いのスウェット姿の愁真の頭を優しくなでる。長く陽射しを浴びながら練習を頑張ったのだろう、熱くて汗ばんでいる。

「僕もそう思う。あずちゃん僕のこと大好きだから」

「違うだろ。パパを待っていたんだよ。なあ、あずちゃん、愁真よりもパパの方が好きだよな」

愁真に続いてやってきた蒼真が、面白がるように声をかける。

「そんなことない。パパよりも僕の方がサッカー上手だから、あずちゃんは僕の方が大好きだもん」

チラリと蒼真を見上げた愁真が、落ち着いた口ぶりで言い返す。

週に一度蒼真と一緒に『親子サッカー教室』に通い始めてからというもの、ライバル意識が芽生えたのか愁真は蒼真になにかと対抗するようになった。

「それを言われるとパパは困るんだよなー」

蒼真は大袈裟にため息を吐き、里穂の肩を抱き寄せた。

「愁真、今日のゲームで三ゴール。大活躍だったんだ」

「本当？　すごいね愁真。もう少しあずちゃんが大きくなったら、ママも応援に行くね」

「うん。僕ももっと練習する」

「そっか。楽しみだなー、あずちゃんも喜ぶよ」

「うんっ」

愁真はベビーカーの傍らで跳びはねて喜んでいる。

運動神経が抜群によくてサッカーもぐんぐん上達し、蒼真よりもボールの足さばきに長けているらしい。

それが自信となって、大好きなパパに追いつけ追い越せとばかりにサッカーの練習にも熱が入る。

将来はワールドカップでゴールを決めるかもしれないと本気で考えている、蒼真の親バカぶりも右肩上がりだ。

杏美が生まれてすぐは愁真が赤ちゃん返りをしないかと心配したが、育児休暇中の蒼真が他のなによりも、それこそ生まれたばかりの杏美よりも愁真を優先してくれているおかげでその兆しはない。それどころか杏美の兄としての自覚が芽生えているのかいつも杏美に声をかけ里穂に代わって面倒を見ようとしてくれる。

「じゃあ、僕がパパにシュートを教えてあげる。あずちゃん、喜ぶよ」

杏美だけでなく蒼真の面倒も見ようと、愁真は自信ありげに胸を張る。

その仕草は仕事に向き合う蒼真とよく似ていて、里穂はふっと笑みを漏らした。

生まれたばかりの時から里穂によく似ていると言われてきた愁真だが、ここ最近は、蒼真の面差しと重なる場面が増えてきた。

それはきっと、蒼真が全力で愁真を愛してくれているからだ。だから愁真も自然と蒼真に寄せるように真似をし、見習って、どんどん蒼真に似てきている。

結局、蒼真の家族への愛情の深さは計り知れないということだ。

「また痩せたんじゃないのか？」

蒼真は抱き寄せた里穂の身体を軽く手で確認し、心配そうにつぶやいた。

「そうかな？　今は母乳をあげてるから仕方ないの。だから大丈夫。愁真の時もそうだったでしょ？」

「……まあ、たしかに」

そう言いつつも、蒼真はまだ心配なのか納得できないとばかりに顔をしかめている。

里穂の体調が心配で仕方がないのだ。

里穂と蒼真、ふたり揃って育児休暇の終了が近づいているのも大きな理由かもしれない。

愁真を出産してから二年後に、杏華堂のメディカルメイク部門は別会社として独立し杏が社長に就任した。

同時に里穂も杏の部下として入社し、メディカルメイクの発展に力を尽くしている。

来月には社内の保育所に杏美を預けて仕事に復帰する予定で、不安は多いものの今から楽しみで仕方がない。

ささはらは雫と恭太郎が盛り立てていて問題なく、里穂は蒼真が無事に社長に就任できる後押しも兼ねて現在の仕事に全力投球だ。

「ママー、あずちゃん寝ちゃった」

愁真のしょんぼりした声に　里穂はふふっと笑って肩をすくめた。

「愁真の顔を見て安心したのね。そういえば、お腹がすいたでしょ？　お昼ご飯はふたりが大好きなオムライス。早く帰って食べようか」

ふたりがサッカー教室に行っている間にランチの準備は済ませているのだ。

「やったーっ。僕、ママのオムライス大好き。早く帰る」

表情をほころばせ、愁真はベビーカーを頑張って押し始めた。

「あずちゃんが起きたら僕がミルクを飲ませてあげる」

慣れた動きでベビーカーを押しながら杏美に声をかける愁真の背中が、ひどく大きく逞しく見える。

まだ五歳だというのにその様子はまるで、会社で部下を率いて先頭に立つ蒼真のようだ。血は争えないと実感する。

「仕方がないなー。パパは寂しいけどあずちゃんのお世話は愁真に任せるよ」

「うん、任せて」

蒼真の言葉に振り返ることなく愁真は力強い声で答える。その声は自信に満ちていて、頼りになるお兄ちゃんだ。

愁真の成長ぶりに感激しながら、里穂は愁真に続いて歩みを進めた。

「だったら俺は、そうだな」

里穂の肩を抱いたまま愁真をチラリと確認しつつ、蒼真はいたずらっぽい笑みを浮かべた。

「俺は里穂のお世話を、しようかな」

「え？」

一瞬、わけがわからず首をかしげた里穂の唇に、蒼真のそれが重なった。

「……えっ？」

ここはざわめく公園で周囲には多くの親子連れがいる。

里穂は頬が熱くなるのを感じながら、ぽかんと蒼真を見上げた。

「ん？　里穂がかわいすぎるのが悪い」

「でも、ここは――」

「それに幸せすぎて我慢できなかったんだよ」

蒼真は平然とそう言うと、ベビーカーを押している愁真を愛おしげに見つめ、そしてその甘い眼差しを里穂に移す。

「今、里穂に会ってから一番、里穂を愛してる」

吐息とともに耳もとに直接届く蒼真の甘いささやきに、里穂の頬があっという間に熱くなる。

「それに、明日はもっと愛してる」

続く言葉に思わずうつむきかけた里穂の唇に、再び蒼真の唇が降りてきた。

幸せすぎて泣いてしまいそうだ。

里穂はそっと目を閉じ蒼真の熱い唇を受け止めた。

番外編　完

あとがき

こんにちは。惣領莉沙です。

『俺の妻に手を出すな～離婚前提なのに、御曹司の独占愛が爆発して～』をお手に取っていただきありがとうございます。

今回は家族のために夢をあきらめながらも日々精力的に頑張るヒロインと、大人の余裕と優しさでヒロインを支える溺愛ヒーローのお話です。

正直、執筆しながらヒロインが羨ましくてたまりませんでした。

ヒーローに溺愛されるのはもちろんですが、お料理上手で音楽の才能もあり。

私にはないものばかりなので本当に羨ましい。

その上芯が強くて愛情深いヒロインが、家族のためそして自分のためにと奮闘する姿を、どうぞお楽しみ下さい。

脇を固めるキャラたちも実はお気に入りです。そちらも合わせて笑って、いえ、楽しんでいただければと思います。

今作を執筆していたのは、猛暑日が続き毎日暑さにうんざりしていた頃でした。
年々暑さが厳しくなり、我が家のアイスの消費量も右肩上がり。
お米が手に入らなくてもアイスがあれば平気。値上がりしたのは切ないけれど。
それがこの夏の思い出です。
浅すぎる思い出ですが、それなりに充実しておりました。
そして季節は変わりチョコレートがおいしい日々のスタートです。
こちらも価格上昇の波には逆らえません。カカオショックだそうです。
それでもやっぱりワクワクわくわく。

この作品が忙しい毎日の気分転換にお役に立てれば幸いです。
最後になりますが、携わって下さった皆様、そしてなにより読者様。
これからも、よろしくお願いいたします。
このご縁が末永く続きますよう、いっそう精進いたします。

惣領《そうりょう》莉沙《りさ》

惣領莉沙先生への
ファンレターのあて先

〒104-0031
東京都中央区京橋 1-3-1
八重洲口大栄ビル7F
スターツ出版株式会社　書籍編集部　気付

惣領莉沙先生

本書へのご意見をお聞かせください

お買い上げいただき、ありがとうございます。
今後の編集の参考にさせていただきますので、
アンケートにお答えいただければ幸いです。

下記 URL または二次元コードから
アンケートページへお入りください。
https://www.ozmall.co.jp/enquete/IndexTalkappi.aspx?id=2301

ベリーズ文庫

俺の妻に手を出すな
～離婚前提なのに、御曹司の独占愛が爆発して～

2024年12月10日　初版第1刷発行

著　　者　　惣領莉沙

発 行 人　　菊地修一
デザイン　　hive & co.,ltd.
校　　正　　株式会社文字工房燦光
発 行 所　　スターツ出版株式会社
〒104-0031
東京都中央区京橋1-3-1　八重洲口大栄ビル7F
TEL　03-6202-0386（出版マーケティンググループ）
TEL　050-5538-5679（書店様向けご注文専用ダイヤル）
URL　https://starts-pub.jp/
印 刷 所　　大日本印刷株式会社

Printed in Japan

ISBN 978-4-8137-1672-3　C0193

ベリーズ文庫 2024年12月発売

『覇王な辣腕CEOは取り戻した妻に熱烈愛を貫く【大富豪シリーズ】』紅《くれない》カオル・著

香奈は高校生の頃とあるパーティーで大学生の海里と出会う。以来、優秀で男らしい彼に惹かれてゆくが、ある一件により、海里は自分に好意がないと知る。そのまま彼は急遽渡米することとなり――。9年後、偶然再会するとなんと海里からお見合いの申し入れが!?　彼の一途な熱情愛は高まるばかりで…！

ISBN 978-4-8137-1669-3／定価781円（本体710円＋税10%）

『双子の姉の身代わりで嫁いだらクールな氷壁御曹司に激愛で迫られています』若菜《わかな》モモ・著

父亡きあと、ひとりで家業を切り盛りしていた優羽。ある日、生き別れた母から姉の代わりに大企業の御曹司・玲哉とのお見合いを相談される。ダメもとで向かうと予想外に即結婚が決定して!?　クールで近寄りがたい玲哉。愛のない結婚生活になるかと思いきや、痺れるほど甘い溺愛を刻まれて…！

ISBN 978-4-8137-1670-9／定価781円（本体710円＋税10%）

『孤高なパイロットはウブな偽り妻を溺愛攻略中～ニセ婚夫婦!?～』未《み》華空《はなそら》央《お》・著

空港で働く真白はパイロット・遥がCAに絡まれているところを目撃。静かに立ち去ろうとした時、彼に捕まり「彼女と結婚する」と言われて!?　そのまま半ば強引に妻のフリをすることになるが、クールな遥の甘やかな独占欲が徐々に昂って…。「俺のものにしたい」ありったけの溺愛を刻み込まれ…！

ISBN 978-4-8137-1671-6／定価770円（本体700円＋税10%）

『俺の妻に手を出すな～離婚前提なのに、御曹司の独占愛が爆発して～』惣領莉《そうりょうり》沙《さ》・著

亡き父の遺した食堂で働く里穂。ある日常連客で妹の上司でもある御曹司・蒼真から突然求婚される！　執拗な見合い話から逃れたい彼は1年限定の結婚を持ち掛けた。妹にこれ以上心配をかけたくないと契約妻になった里穂だったが――「誰にも見せずに独り占めしたい」蒼真の容赦ない溺愛が溢れ出して…!?

ISBN 978-4-8137-1672-3／定価792円（本体720円＋税10%）

『策士なエリート御曹司は最愛妻を溢れる執愛で囲う』きたみ まゆ・著

日本料理店を営む穂香は、あるきっかけで御曹司の悠希と同居を始める。悠希に惹かれていく穂香だが、ある日父親から「穂香との結婚を条件に知り合いが店の融資をしてくれる」との連絡が。父のためにとお見合いに向かうと、そこに悠希が現れて!?　しかも彼の溺愛猛攻は止まらず、甘さを増すばかりで…！

ISBN 978-4-8137-1673-0／定価770円（本体700円＋税10%）

ベリーズ文庫 2024年12月発売

『別れた警視正パパに見つかって情熱愛に捕まりました』森野《もりの》りも・著

花屋で働く佳純。密かに思いを寄せていた常連客のクールな警視正・瞬と交際が始まり幸せな日々を送っていた。そんなある日、とある女性に彼と別れるよう脅される。同じ頃に妊娠が発覚するも、やむをえず彼との別れを決意。数年後、一人で子育てに奮闘していると瞬が現れる！　熱い溺愛にベビーごと包まれて…！

ISBN 978-4-8137-1674-7／定価781円（本体710円＋税10%）

『天才脳外科医はママになった政略妻に2度目の愛を誓う』白亜凛《はくありん》・著

総合病院の娘である莉子は、外科医の啓介と政略結婚をし、順調な日々を送っていた。しかしある日、莉子の前に啓介の本命と名乗る女性が現れる。啓介との離婚を決めた莉子は彼との子を極秘出産し、「別の人との子を産んだ」と嘘の理由で別れを告げるが、啓介の独占欲に火をつけてしまい——!?

ISBN 978-4-8137-1675-4／定価781円（本体710円＋税10%）

『塩対応な魔法騎士のお世話係はじめました。ただの出稼ぎ令嬢なのに、重めの愛を注がれてます!?』瑞希《みずき》ちこ・著

出稼ぎ令嬢のフィリスは世話焼きな性格を買われ、超優秀だが性格にやや難ありの魔法騎士・リベルトの専属侍女として働くことに！　冷たい態度だった彼とも徐々に打ち解けてひと安心…と思ったら「一生俺のそばにいてくれ」——いつの間にか彼の重めな独占欲に火をつけてしまい、溺愛猛攻が始まって!?

ISBN 978-4-8137-1676-1／定価781円（本体710円＋税10%）

ベリーズ文庫 2025年1月発売予定

Now Printing

『溺愛致死量』

佐倉伊織《さくらいおり》・著

製薬会社で働く香乃子には秘密がある。それは、同じ課の後輩・御堂と極秘結婚していること！　彼は会社では従順な後輩を装っているけれど、家ではドSな旦那様。実は御曹司でもある彼はいつも余裕たっぷりに香乃子を翻弄し激愛を注いでくる。一見幸せな毎日だけど、この結婚にはある契約が絡んでいて…⁉

ISBN 978-4-8137-1684-6／予価770円（本体700円＋税10%）

Now Printing

『タイトル未定（海上自衛官）【自衛官シリーズ】』

皐月《さつき》なおみ・著

横須賀の小さなレストランで働き始めた芽衣。そこで海上自衛官・晃輝と出会う。無口だけれどなぜか居心地のいい彼に惹かれるが、芽衣はあるトラウマから彼と距離を置くことを決意。しかし彼の深く限りない愛が溢れ出し…「俺のこの気持ちは一生変わらない」――運命の歯車が回り出す純愛ラブストーリー！

ISBN 978-4-8137-1685-3／予価770円（本体700円＋税10%）

Now Printing

『御曹司様、あなたの子ではありません！～双子ベビーがパパそっくりで隠し子になりませんでした～』

伊月《いづき》ジュイ・著

双子のシングルマザーである楓は育児と仕事に一生懸命。子どもたちと海に出かけたある日、かつての恋人で許嫁だった皇樹と再会。彼の将来を思って内緒で産み育てていたのに――「相当あきらめが悪いけど、言わせてくれ。今も昔も愛しているのは君だけだ」と皇樹の一途な溺愛は加速するばかりで…⁉

ISBN 978-4-8137-1686-0／予価770円（本体700円＋税10%）

Now Printing

『本日で人妻を終了させていただきます！～冷徹御曹司は政略結婚の妻を溺愛したい』

華藤《かとう》りえ・著

名家ながら没落の一途をたどる沙織の実家。ある日、ビジネスのため歴史ある家名が欲しいという大企業の社長・瑛士に一億円で「買われる」ことに。愛なき結婚が始まるも、お飾り妻としての生活にふと疑問を抱く。自立して一億円も返済しようとついに沙織は離婚を宣言！　するとなぜか彼の溺愛猛攻が始まって⁉

ISBN978-4-8137-1687-7／予価770円（本体700円＋税10%）

Now Printing

『この恋は演技』

冬野《とうの》まゆ・著

地味で真面目な会社員の紗奈。ある日、親友に頼まれ彼女に扮してお見合いに行くと相手の男に襲われそうに。助けてくれたのは、勤め先の御曹司・悠吾だった！紗奈の演技力を買った彼に、望まない縁談を避けるためにと契約妻を依頼され⁉見返りありの愛なき結婚が始まるも、次第に悠吾の熱情が露わになって…。

ISBN 978-4-8137-1688-4／予価770円（本体700円＋税10%）

タイトル、価格等は変更になることがございますのでご了承ください。

ベリーズ文庫 2025年1月発売予定

Now Printing

『私、今度こそあなたに食べられません！～戻ってきた俺様幼馴染ドクターと危ない同棲生活～』泉野《いずみの》あおい・著

大学で働く来実はある日、ボストンから帰国した幼なじみで外科医の修と再会する。過去の恋愛での苦い思い出がある来実は、元カレでもある修を避け続けるけれど、修は諦めないどころか、結婚宣言までしてきて…!?　彼の溺愛猛攻は止まらず、来実は再び修にとろとろに溶かされていき…！

ISBN 978-4-8137-1689-1／予価770円（本体700円＋税10%）

Now Printing

『クールなエリート外交官の独占欲に火がついて～交際0日な私たちの幸せ演技婚～』朝永《ともなが》ゆうり・著

駅員として働く映茉はある日、仕事でトラブルに見舞われる。焦る映茉を助けてくれたのは、同じ高校に通っていて、今は外交官の祐駕だった。映茉が「お礼になんでもする」と伝えると、彼は縁談を断るための偽装結婚を提案してきて!?夫婦のフリをしているはずが、祐駕の視線は徐々に熱を孕んでいき…!?

ISBN 978-4-8137-1690-7／予価770円（本体700円＋税10%）

Now Printing

『ベリーズ文庫溺愛アンソロジー』

人気作家がお届けする〈極甘な結婚〉をテーマにした溺愛アンソロジー！　第1弾は「葉月りゅう×年下御曹司とのシークレットベビー」、「宝月なごみ×極上ドクターとの再会愛」、「櫻御ゆあ×冷徹御曹司の独占欲で囲われる契約結婚」の3作を収録。スパダリの甘やかな独占欲に満たされる、極上ラブストーリー！

ISBN 978-4-8137-1691-4／予価770円（本体700円＋税10%）

タイトル、価格等は変更になることがございますのでご了承ください。